献给所有

相信人类一定会走出地球摇篮的人

月球峰会

吴 季 著

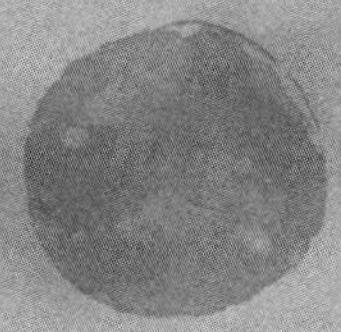

浙江教育出版社 · 杭州

推荐序

我认识吴季很久了，记得第一次见面是在2000年左右，我主持的一个关于探月的863计划课题的预研项目结题评审时，吴季作为评审专家到贵阳参加会议，我们就认识了。之后，他在“嫦娥工程”中一直负责有效载荷的工作，我们又成了同事。2017年底，他从空间中心主任的岗位上退下来之后，我们的交集虽不多，但也经常见面。前不久我看到他的第一本科幻小说《月球旅店》时，非常惊讶，没想到他的月球情怀还是那样深。

这本《月球峰会》是我读过的关于月球的小说中写得最好的一本。显然，这是《月球旅店》的续篇，它不但有丰富的科普内容，还有非常生动的故事情节。也正是由于那些生动的故事情节，才使得科普的内容更容易被读者接受。除此之外，我非常认同他在这本书中展示的两个重要观点。

首先，在人类可以频繁地来往于地球和月球之间以后，人类的观念会发生什么变化呢？我也见到过好几个“阿波罗计划”航天员，他们确实和一般的、仅仅去过近地轨道的航天员有所不同。比如，和阿姆斯特朗一同登上月球的奥尔德林，他就一直在推动国际合作，包括中美之间的太空合作。他曾经在巴勒斯坦和以色列矛盾冲突最严重的时候，提出过将阿拉伯航天员和以色列航天员同时送到国际空间站上去，想以此来缓和这两个民族之间的矛盾。还有，“阿波罗11号”航天员迈克尔·科林斯在纪念人类登月40周年时曾说过：“我真心地认为，如果世界上的各国领导人能够从距离地球10万英里（编者注：约16万千米）以外的太空来看我们所生活的这个星球的话，他们的世界观、人生观和政治观将会发生根本性的改变。因为从那个距离看地球，所有那些所谓无比重要的边界都已经不复存在了，各种各样的吵闹和争论也都平息了。地球只是一颗小小的行星，它持续不断地自转、公转，平静地忽略所有分歧。一言以蔽之，宇宙中的地球所展现出来的是一个统一的形象和面孔，它呼吁人类能够形成统一的理解和认知，并得到统一的对待。”为什么他们都会这样想呢？我想一定是当他们在那么远看了地球之后，感受到了不一样的东西。我相信他们是真诚的。我对月球的关注，其实也不仅仅是科学研究上的兴趣，我觉得那里就是人类未来需要发展的方向。这个观点和想法，吴季在《月球峰会》里已经充分地体现了。

其次，他说到商业性质的月球基地和科学研究的月球基地，哪个在前、哪个在后的问题。我基本同意他的观点，也许在政府投入大量经费建设载人的科研基地之前，商业性质的月球旅店就已经建设起来了。一旦商业性质的载人月球基地建立起来，科学研究基地就一定会依托它很快地建立起来。不然国家花纳税人的钱，从头去建设这么一大摊子，会很难。因此，我支持国家发展商业航天事业，也就是新航天事业。这个事业的发展，一定会给科学研究事业带来新的发展。谢谢吴季用一本小说，把这个道理说清楚了。

说到技术手段的可行性，我也同意他在《月球旅店》一书中的判断。“阿波罗计划”都已经过去这么多年了，人类还没有迈出第二步，始终停留在近地轨道的空间站上。但是科技的发展日新月异，已经远远超过50多年前的“阿波罗计划”时期了。因此，没有迈出第二步，绝不是技术问题，只能是经济问题，也就是花多少钱的问题。从政治上讲，美国没有需求了，就不会再投入巨额经费搞载人登月。如果其他国家的政府也都不愿投那么多钱去搞载人登月，那么阿波罗登月就真的是昙花一现了。但是如果有商业公司感兴趣，愿意投资，那就一定能搞成，因为技术可行性早已不成问题。

一线的科研人员在离开一线以后，投身科普事业，特别是面对青少年的科普是非常必要的。因为科学的未来是属于年轻人的，希望他们都能够喜欢探究宇宙，喜欢探索太空，并立志尽快实现让人类（而不仅仅是几个航天员）走出地球的梦想。这也是我这些年来为什么只要有可能，总是愿意到学校去和青少年学生交流的原因。吴季通过描写未来的科幻故事来做科普，更是一个大胆的尝试。我希望能够有更多的人加入其中，使我们的科普事业有更大的发展。

相信大家一定会同我一样，喜欢这本书里描写的故事和那些新奇却并非不可能实现的未来的科技体验。

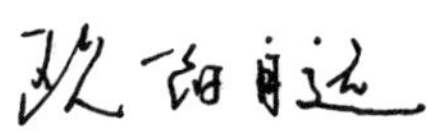

2020年12月12日

前 言

首先，必然是信念、梦想，甚至是传说、故事；其次，是科学的计算；最后，才是终极梦想的实现。

——康斯坦丁·齐奥尔科夫斯基，1926

齐奥尔科夫斯基的另一句话大家都更熟知一些，那就是：地球是人类的摇篮，但是人类不能永远生活在摇篮里。为了实现他的梦想，让人类早日走出地球摇篮，他先后发表了《在地球之外》《在月球上》等不朽的科幻作品。与他类似，著名的V2火箭设计师、为美国“阿波罗计划”做出不可替代贡献的冯·布劳恩，为了实现自己的梦想，也一度积极投身好莱坞的科幻系列节目。这些前辈自然而然地成了我们跟随的榜样。

《月球旅店》出版以后，很多读者反映，看过以后总觉得故事性不够，有点儿像工程手册，甚至是商业策划书。还有很多读者说，好不容易上了月球，还以为会发生什么精彩的故事呢，结果什么都没发生就下来了，不过瘾。

我的想法是，应该先把旅店建设起来，才能有故事。因此第一本书就是关于旅店建设的，从新航天、老航天谈起，再谈技术方案，最后谈融资。当然，把这些串起来的是父女亲情和《小王子》的情怀。

《月球旅店》出版后，我就开始构思本书。我比较熟悉的内容，还是写航天人的故事。在和朋友们的一次讨论中，有人提出，能不能把我们国家的“两会”搬到月球上去开？这个想法启发了我，不过，“两会”人太多了，月球旅店还没有那么大的规模，联合国安全理事会的会议在上面开倒是可以的。这件事情，如果交给中国航天局和月球旅游公司去安排，那可是一件不得了的大事啊。书中的故事也就由此展开。

在看《月球旅店》的时候，很多人都喜欢肖凌宇在月夜回望地球，并和她母亲通话的那一段情节。这个情节，也是主人公肖家远的情怀的最主要的体现。他真心地希望，游客在经历了那个瞬间以后，就不再是从前的那个人了。月球旅店建好以后，当越来越多的人到过那里，并回到地球以后，会发生什么呢？这也许需要我在本书中，认真地探讨和设想一下。

按照达尔文的理论，地球上整个生物世界都是在环境的影响下筛选和进化而来的。如果我们人类的生存空间扩大到月球，成为在地月之间不断来往的物种，我们的思想和文化一定会受到这个环境变化的影响。就像欧洲人移民到新大陆，逐渐衍生出了不同于欧洲大陆的美国文化一样。我曾经见过两个“阿波罗”航天员，并和他们交谈过。我感到他们和我见过的其他航天员有所不同，“阿波罗”航天员的精神视野似乎更宏大。他们从太空看地球，看到的不仅仅是被薄薄的一层大气层包裹的、具有一定曲率的球体的一部分，而是一个星球，一个真正的行星。凡是去过月球的人，经历过在月球上回望地球的感受后，会不会也像“阿波罗”航天员一样，成为受到过地月之间广袤太空大环境影响的人呢？这一定是未来人类走出地球摇篮的重要驱动力之一，它也极大地激发了我的创作欲望。

当然，科幻小说的重要作用之一还有科普。和《月球旅店》一样，本书里的所有科技内容都是有理论依据且技术上可行的。比如，关于把月球作为观测地球的平台，是我们十多年前就提出的概念，我们还仔细分析过利用月球平台对地球观测的独特视角和优势。书中描写的那些微波遥感设备，大部分是已经在地球轨道上实现了的，只是目前还没有上过月球而已。

描写几十年后的未来，不可避免地要涉及全球气候变化这些大事儿，以及如何遏制全球气候变暖，也需要推测一下未来中国、美国以及其他国家政府和政要的观点。好在这里写的都是几十年后的事情，是完全虚构的，请读者不要把这些内容作为对这些国家未来政策的预测。大家只需关注书中呈现的地月太空环境对人类的影响，科学界已经公认的人类活动对全球气候变化的影响，以及大量的天文学与航天科技知识就好。这也许就是写科幻类小说的优势：故事不与现实世界直接挂钩。

此外，作为文学作品，这本书呈现给大家的，除了大量的科学和技术知识外，还有通过故事情节呈现的人性、爱情和正义，希望大家喜欢。如果能在获取知识、享受故事情节的跌宕起伏之际，还能得到一些思想上的启迪，我就更加满足了。

2020年12月1日

目　录

引　子

年过八旬的肖凌宇精神仍然健旺。每天除了阅读、散步以外，她还会翻阅和整理父亲肖家远留下的各种笔记、照片和文件。自从20多年前她替父亲去了一趟月球旅店之后，就开始承担月球旅游公司董事会的一些工作了，并成了董事会的成员。

这天她收到一封月球旅游公司的来函。

尊敬的肖凌宇董事，

兹定于2068年4月23日上午9点，在公司705会议室召开公司董事会，面试公司新任总经理的候选人，请拨冗出席。

月球旅游公司

2068年4月19日

这个通知并不出乎她的意料，因为现任总经理已经到了退休的年龄。最近，这位现任总经理多次找肖凌宇商量接替总经理的人选问题。其中一个可能的人选就是肖凌宇的外孙女苏佩丽。

每个周末，佩丽都会和爸爸妈妈一起来姥姥家吃饭。肖凌宇打算利用这个周末的时间，仔细和她讨论一下公司未来发展的事情。想到这里，肖凌宇慢慢踱步到窗前，向外望去。这时已是夜幕初降，一弯新月刚刚显现在北京的西山上空。

第一章　政治任务

一

距离华安市中心区不远的一处中央机关宿舍，一幢幢红色的小楼，坐落在高大的松树林之间。楼房是4层的，每层有两户，是中央机关副部长级别以上的公租房住宅。

国家交通委员会主任林一凡住在5号楼301。一个初秋的早晨，同往常一样，林一凡六点半准时下楼晨练。但是与往常不同的是，他一夜都没睡好，脑子里总想着昨天下午参加国务院常务会议时，总理提出的三项重大任务中交给国家交通委员会落实的那个，就是邀请联合国安全理事会将明年上半年的定期会议安排到月球上去开。

林一凡感到困难的地方在于，联合国安全理事会从来

2068 年国庆节前的华安市

没有到月球上开过会。尽管全球已经有几十万人到过月球，在一个由中国控股的国际性的月球旅游公司建设的月球旅店住过；从地球到月面的交通设施也是成熟和安全的；月球旅店的房间也可以为联合国安全理事会15个成员国的代表和随员预留出来，但这仍然是一项重大且艰巨的政治任务。首先，安全问题最重要，出不得半点儿差错。其次，经费还不知道如何筹措。总理的意思是中国可以提供部分经费，但联合国安全理事会在纽约联合国总部开会和到月球上开会的差价实在太大，需要财政部拨付专款，还需要和月球旅游公司谈判，敲定一个合理的、大团组的政府采购价格。最后，总理要求会期安排在明年上半年的月夜期间，也就是农历三十和初一这两天，这个也需要和月球旅游公司商谈，确保将这个期间的房间留给会议所用。林一凡知道，每个月这两天到月球上旅游的游客最多，因为这个时候可以看到完整的地球的景色，就像在地球上看到月球的满月一样。

国家交通委员会是全面负责与交通相关事务的部委，下设航天局、航空局、海运局、铁路局、公路局和部机关的各直属司。林一凡是三年前，也就是在他55岁时从航天局局长任上被提升为国家交通委员会主任的。他是北京航空航天大学的毕业生，在那里一直读到博士毕业。北京航空航天大学是在国际上享有盛誉的名校。

关于为什么要邀请联合国安全理事会到月球上举行会议，林一凡理解总理的良苦用心。一方面，这段时间以来，国际上纷争不断。尽管美国的主流精英和连续几届总统，以及国会的大多数议员都已经接受了和中国协调发展的理念，但是少数政治强硬派和极左派仍然对中国的崛起持有不服气的态度，不断挑起各种争端。最近他们又发起了新一轮的要求联合国和各国政府放松管制的无政府管理运动，推动基于大数据和区块链的、依靠人工智能的所谓“自治管理体系”。这个理念和中国一直推行并得到全世界绝大多数国家普遍认同的民族发展理念不同。民族发展理念要求稳定和强势的、具有各国文化特色的、特别是重商的政府来确保经济的发展。而自治管理体系要求政府退出，由人工智能和网络数据提供自治管理的依据，以小单元的区域管理代替国家层面的政府管理。在美国已经有一些州开始做这样的管理实验。但是中国政府和联合国都认为，世界上大多数国家还没有发展到那个阶段，过早地从有稳定政府支持的民族发展阶段过渡到区域自治阶段会使得很多国家再次陷入中等发达国家陷阱，导致发展停滞。特别是近期，有些国家由于在美国的推动下过早地实施区域自治，已经开始出现不稳定的迹象，发展出现停滞。因为发展停滞，民众不满程度提高，产生了内部冲突，有的地方甚至引发了战争。这些问题，对世界秩序提出了挑战，对各国自主的民族发展也提出了挑战，因此也属于国际安全问题，需要在联合国安全理事会层面来讨论。

总理考虑的另一个方面，也是全球性质的。由于人类活动的加剧，全球气候已经比一个世纪前升高了1.7℃，海平面也升高了0.5米，北极的冰在夏季全部融化，南极大陆在夏季会出现大面积的裸露。全球极端天气现象频发，中纬度地区出现大面积干旱和沙漠化趋势，高纬度地区则出现大量降雨。全球水循环系统、生物圈都出现了较大的变化，而且这些变化的趋势还在加快。尽管利用核聚变的清洁能源已经投入使用，但是在世界整个能源消耗中的占比还很小。因此，最好的办法是进一步减少人类活动对全球变暖的影响，进一步节能减排，并推动可再生能源的使用。如果让联合国安全理事会的成员国代表到月球上去看看地球的情况，看看自己生存家园的情况，也许可以改变很多人的观点，让他们更加重视全球气候变化问题，达成共识。

在这种形势下，邀请联合国安全理事会到月球开会，无疑是一个正确的政治选择。既可以让各国政府体验中国的高科技发展，又能让联合国安全理事会各成员国领导人从月球的角度反观地球，思考什么是对地球人类发展最重要和最正确的路径：是激进、混乱，还是继续稳定、发展？离开了地球，从另一个天体上看我们的地球，会将全人类作为一个整体，激发出更加正确和深入的思考。当然，一些正在快速发展的国家的人，也许可以在月球上直接看到自己国家对环境的污染和破坏，也许还可以看见台风和森林大火，以及植被减少与水土流失、空气污染等。

想到这里，林一凡更加理解总理的战略意图，感到了这项任务的政治责任。他在松树林中加快了脚步，脑海里像播放电影一样，思考着这项任务的各个细节。昨天从国务院开会回来后，他已经安排秘书通知了航天局局长张军今天上午到国家交通委员会机关大楼碰头，具体商量此事。

二

航天局局长张军，是从军队系统调来的一个干部。他处事沉着、稳重，具有处乱不惊、举重若轻的性格特质，43岁，正值担当重任的年龄。他是航天员出身，在太空的飞行时间总计超过30天，曾担任过指挥长。从航天员大队调到机关后，任过技术部部长，三年前被提升为少将军衔后，转业来到国家交通委员会，接替林一凡任航天局局长。

上午8：30，张军准时来到国家交通委员会机关大楼。林一凡的秘书把他带到主任办公室。

“早上好！林主任。”张军见面就主动上前握手。

“张局长，请坐。”林主任示意张军坐在他办公桌对面的一张扶手椅上。

这时，秘书送上一杯茶水，就退了出去。

“今天请你来，是布置一个重要任务。昨天在国务院常务会议上，总理提出想邀请联合国安全理事会成员国代表到我们的月球旅店去开一次会。这个任务交给了我们，我们需要做一个详细的方案，再向总理汇报。”林一凡开门见山地说道。

“这可是大事儿，是到那个月球雨海旅店开吗？一共多少人？”闻听此事，张军意识到了重要性，马上问道。

“安理会15个成员国代表，加上他们每人3名随员，共60人，再加上秘书长和秘书处的30多人，估计90到100人吧！”这个数字，林主任从昨晚开始就已经盘算好了。

“我知道月球雨海旅店最近业务非常火爆，客房发展到200间了，接待100人规模的会议应该是没有问题的。什么时间去呢？”张军继续问着细节。

“总理希望在明年上半年的一个月夜期间开会。”林一凡补充道。

“这需要和月球旅游公司尽早安排，我听说他们的房间一般很早就会被预订满。我们要尽快和他们协商此事。特别是，他们新任的总经理刚刚上任，是一位年轻的女士，名叫苏佩丽，是肖家远的曾外孙女。”此刻，张军意识到问题不那么简单了。

“肖家远的后代吗？我知道肖家远是月球旅游公司的创始人，如果是他的后代，很好！但是新人上任，可能经验不足，你要多多关注啊！这次任务安全问题是首要的。参加会议的都是各国驻联合国首席代表。目前国际上恐怖势力仍然猖獗，需要我们全程确保安全，包括在月球上面。”林一凡提出了最重要的任务要求。

“关于经费问题，我来和财政部谈，你主要负责行程安排和安全问题。”林一凡继续说道。

“好的，我马上和月球旅游公司对接，并要求他们保密。安排好全部细节后，我们就上报方案。”张军答复道。

“好的。我给你一周的时间。我们分头行动吧！”林一凡最后补充道。

他们握手道别后，张军遂走出了林一凡的办公室。

三

月球旅游公司开展月球旅游项目已经有30多年的历史了。人类自20世纪60年代末70年代初登上月球之后，中间停滞了近60年，到2028年才再次登上月球。纯商业的太空旅游自2021年开始从临近空间起步，逐步发展到近地轨道，再发展到月球旅游。2033年第一个月球旅游公司开业接待游客，开始只是提供月球轨道旅游服务，后逐渐发展到落月行走，并拓展了一些其他业务。目前，月球旅游公司位于月球雨海上的旅店已经发展到拥有200间客房，无论是月日还是月夜，都可以连续营业。

由于中国在这方面的技术领先全球，而且采用开放的经营模式，因而美国逐渐放弃了自己再建一家月球旅店的设想，而是与中国合作，负责从美国出发到月球旅游公司的地球轨道中转站的业务。此外，美国国家航空航天局（NASA）最近将其在月球南极的科学考察站（以下简称南极科考站）的一部分也转为商业经营模式。同时，将运行在月球轨道上的深空门户站作为接送游客的中转站。美国政府给NASA投入的经费主要用于载人探索火星项目，但由于花费很高，实际进展很慢。日本的商业航天公司参与月球旅游的积极性很高，自主研发了天地往返飞船，负责将从日本出发的游客送到月球旅游公司的地球轨道中转站。之后的行程，和美国一样，就都交给月球旅游公司负责。游客先搭乘中国的地月段转移飞船至月球轨道中转站，再换乘月面载人飞船往返于月球轨道中转站和月球雨海旅店之间。

欧洲国家在发展太空旅游的初期主要集中在临近空间，错过了发展月球旅游的时机。目前同日本和美国一样，也只是负责将从法属圭亚那出发的游客送入地球轨道中转站，后续行程交给月球旅游公司安排。

俄罗斯是月球旅游公司最大的外方合作伙伴，与中国一起开发了专用的地球和月球轨道中转站，以及月面载人飞船。同时，俄罗斯还能发射载人天地往返飞船，将游客送到地球轨道中转站。

印度也是具备独立载人航天能力的国家之一。它最晚加入月球旅游公司，主要负责将从印度发射场起飞的游客送到地球轨道中转站，但是频度较少。

从进入和返回空间的方式上来讲，只有中国和俄罗斯采用了可重复使用的“超导磁悬浮动力起飞+发动机可回收火箭+可重复使用载人舱返回”的方式，其他国家都采用常规的“发动机可回收火箭+可重复使用载人舱返回”的方式。因此，参加从中国和俄罗斯出发的团组，票价会相对便宜，这类游客占据了全部游客量的50%以上。

月球旅游公司各国所占股份的比例分别为：中国49%，俄罗斯25%，美国12%，日本5%，欧洲5%，印度2%，其他国家2%。在中国所占的股份中，经过几次稀释和出让，公司创始人肖家远的股份已经缩减为不到10%，由他的家人持有。公司总部位于中国北京。

由于燃料问题，旅游项目开始时的安排是：前往月球

话《小王子》的作者圣·埃克苏佩里的寓意。苏佩丽8岁回国，后在清华大学电子工程系一直读到博士毕业，之后到月球旅游公司研发部工作。5年前被提拔，先后任总经理助理、副总经理。

总经理招聘启事公开之后，除了梁总积极推荐的苏佩丽外，还有另外三个申请人。经过初选，董事会同意其中一人和苏佩丽一同参加今天的面试。这个人叫安德罗波夫，是曾经做过俄罗斯航天员的科学家，也曾担任过俄罗斯科学院空间研究所的副所长。

这天，公司董事会召开专题会议，面试公司总经理的候选人。两名候选人的简历早已发给了董事会成员。董事会由13人组成，其中7人为中国人，分别是：代表国内各投资方的董事长李程飞、国家交通委员会的张军、公司创始人肖家远的女儿——肖凌宇女士、现任总经理梁斌，以及其他3位股东代表。另外，还有2名俄罗斯人，1名美国人，1名法国人，1名日本人，1名印度人。会议中使用的工作语言是中文，但是有英文的同声翻译。在两名候选人进入会议室之前，董事长首先向参会人员介绍了他们的基本情况。

“大家知道，苏副总出身航天世家，其外曾祖父是我们公司的创始人。其父是中科院著名的行星科学家，对月球研究做出过重要贡献。苏副总本人曾两次到过月球，是新一代宽带激光通信机的研制人之一，曾负责我们月球雨海旅店通信站的设备安装和调试，并顺利完成了任务。担任公司总经理助理和副总经理以来，她先协助梁总负责研发工作，后负责旅游业务方面的工作，得到了全面的锻炼。”

他接着又向大家介绍安德罗波夫的基本情况。

“我们还收到了三份申请，一份来自俄罗斯科学院的安德罗波夫，一份来自日本商业航天公司刚刚退休的CEO，还有一份来自一个美国人。经过初审，那个日本CEO因为年龄稍大不符合申请条件，而那个美国人并不具备航天领域的管理经验，因此我们今天只保留了安德罗波夫作为苏佩丽之外的另一个面试申请人。”

“大家手里也都有他的简历，他在做航天员的时候，是中俄合作飞行实验的主要参加人，会讲流利的英文和中文，也曾经到访过中国的空间站。同时，他也是空间物理方面的科学家，曾在太空发现过新的大气现象，发表过多篇论文。他的不足在于缺少商业航天公司的经营管理经验。”

“我再补充说明一点”，俄罗斯董事彼得罗维奇这时说道。

“安德罗波夫是我们月球旅游公司俄罗斯分公司的科技顾问，因此他对月球旅游公司的业务情况也是清楚的。”彼得罗维奇的这一点儿补充很重要。

“能不能介绍一下苏副总的对外交往和沟通能力，比如英文表达能力，以及与国际客户沟通的能力等。”美国董事罗纳德也跟着发言。

看来董事们觉得苏佩丽是内部人员，对她能否胜任及其对外沟通能力还有疑问。董事长李程飞想道。

“梁总，你是不是向大家补充介绍一下苏副总在对外沟通和负责全面工作方面的能力。”李程飞看着梁斌说道。

“好的，大家知道，我们公司这几年业务发展总体很好，但是也遇到了一些新问题。大约两年前，公司将苏佩丽提拔到副总位置，让她协助我处理新的问题。主要是两方面的工作：第一，美国将南极科考站向游客开放后，出现了很多新问题，比如，旅店经营，以及与游客相关的问题等，苏副总全面负责和美方沟通；第二，越来越多的游客想预订月夜的房间，如何开辟月日旅游的项目，使其更具吸引力，也是一个新问题。此外，今年出现了另一个新问题，大家都知道这件事儿，上个月有一名游客拒绝返回地球，希望在旅店长期做义工直到去世，他用拒绝离开的方式，迫使我们收留他。按照规定，对延期离开的游客，我们会通过他购票登记时的个人信用和押金来予以限制、惩罚，多停留一天需要扣除的押金数量递增，因此从来没有出现过类似问题。但是这次，这个问题比较复杂。”说到这里，梁斌稍作停顿，看了一下大家。

“对于这些新问题，苏副总处理得很平稳。在与美国南极科考站交流的过程中，她与对方建立了非常好的合作关系。目前，美国南极科考站方面的问题，都是直接找苏副总咨询。对月日的旅游项目，她开辟了观测地球夜侧城市灯光的项目，提高了月日期间的订房率。关于那名旅客延期离开一事，她正在设法修改制度，避免类似的情况再次发生。”梁斌一边说，一边看着彼得罗维奇和罗纳德，看到他们两个都在点头认可。

“好的，如果大家还有疑问，还是当面和苏佩丽交流吧！我们现在先请苏副总进来。”

董事会秘书推门出去，将苏佩丽请了进来。

为了今天的面试，苏佩丽特地穿上了合体的黑色正装，上身小西服，下身西装裙，配半高跟的黑色皮鞋。她中等身材，曲线分明，瓜子脸形，鼻梁挺直，肤色白皙中透着自然的红，唇色也是自然的红润，披着及肩的中长发，自然卷。整体上呈现出知性、端庄、干练的女高管形象，丝毫没有给人妖艳或柔弱的感觉。

苏佩丽手里拿着一个笔记本和一支笔，面带微笑，从容地走进会议室，在长长的会议桌远端的一个空椅子上坐下来，打开笔记本，准备随时记录大家提出的问题。当然，在她环视大家的时候，很明显，她的目光在肖凌宇身上多停留了一会儿。她和姥姥的感情很深，来到公司工作后，她和姥姥的共同语言就更多了，两人聊天时，她总会从姥姥那里尽可能多地打听一些有关公司初创时的事情。昨天，姥姥特意将她叫到家里，针对公司的事和她讨论了一个多小时，把面试时需要注意的细节都叮嘱了她一遍。

“苏副总，你知道我们今天的董事会的议题，就是讨论和确定新任总经理人选。你是我们公司内部由梁总推荐的候选人，但是按照管理程序，你也和其他候选人一样必须参加面试，并由董事会决定是否聘用。大家已经了解了你近几年所做的工作，现在主要是想听听你对公司未来发展的设想。”董事长李程飞在苏佩丽坐下后，开始说道。

“董事长，各位董事，首先，非常感谢梁总的推荐和信任！下面，我就向大家讲一讲我对我们月球旅游公司未来发展的一些考虑。”苏佩丽口齿清晰地作了开场白。

接着，她站起身，用3D演示报告软件，从公司建立的初衷、几十年来的发展、目前的业务和发展设想等几个方面做了详细的阐述。从现场董事们脸上的表情可以看出，大家对苏佩丽都是满意的，甚至有一点儿被带进了她所描述的未来。

最后结束时，苏佩丽转过身，没有再看演示图像，而是面对着大家总结道：“三十多年来，月球旅游公司经过不断的建设和运营，不但从经济上完全收回了当初的投资，还为所有股东赢得了可观的回报。但是，我想这并不完全是当初肖总经理以及第一代创始人建设这个公司的初衷。他们所追求的梦想是，让人类，而不仅仅是几个航天员，能够尽快地走出地球的摇篮。三十多年过去了，他们的梦想早已实现。作为继承人，我们在接过这个公司的时候，应该把目标定得更远一些，如果大家信任我，我将为公司设立一个新的目标，那就是：让月球旅游公司为改变人类观念和促进可持续发展做出不可替代的贡献！”

“让月球旅游公司为改变人类观念和促进可持续发展做出不可替代的贡献！”

话音一落，不约而同地，全体董事都鼓起了掌。掌声持续了好长一段时间。

在所有的董事之中，有一个人不知不觉地产生了更多的想法。他就是航天局代表张军。

虽然曾经做过航天员的张军具有很好的心理素质，但是当苏佩丽走进会议室的那一瞬间，他还是被她的气质强烈地吸引了，这种感觉已经很久没有过了。自从他的妻子，也是中国第十批女航天员之一，因为癌症去世之后，他就把自己的感情深深地埋藏了起来，埋头工作，不问儿女之情已经快八年了。其间，很多领导和同事都给他介绍过女朋友，那些女孩或温柔体贴，或学历高，或出身名门，但都没有打动他。对苏佩丽，他以前只是听说过，并没有太在意，且两人年龄相差较大。但是，今天这第一次见面，他不知道为什么八年来第一次有了心动的感觉。

“谢谢大家！”苏佩丽陈述完之后的这句结束语，一下子唤醒了张军。他不太好意思地将目光从她身上移开，坐直了身子，一下子没搞明白自己刚刚为什么走神了。

接着，大家进一步问了几个关于公司运行的细节问题。苏佩丽都回答得非常明确和具体。之后，好像大家都不想再问什么进一步的问题了，出现了一个短暂的冷场。

“好的，面试时间到了。请苏副总先离场，我们请安德罗波夫进来。”董事长看到虽然规定的面试时间还没到，但大家都不说话了，便适时地结束了对苏佩丽的面试。

瘦高的安德罗波夫进来了，他步伐坚定，目光高傲地平视向前，好像没有看大家。他径直走到刚刚苏佩丽坐过的座位上坐下。

董事会秘书帮助他在投影仪上播放出他准备的报告。他花了和苏佩丽差不多一样的时间，用稍稍带有外国人口音的中文作了一个报告，中间间或夹杂着一些英文单词。报告的内容有相当一部分是关于太空和月球基本科学知识的，只有最后不到四分之一的部分讲了他对公司未来发展的设想。可以听出来他对公司的发展的看法不如苏佩丽符合实际情况。这也难怪，他对公司的历史和发展愿景并没有吃得很透。

紧接着，董事们问了很多关于公司运行的细节和如何操作的问题，安德罗波夫尽最大的努力回答了这些问题。应该说他还是一个非常机敏的人，可以应对各种情况，但是如果想成为公司的总经理，确实还需要一段时间的学习和磨炼。

“好的，我们面试的时间已经到了，谢谢安德罗波夫，请你离场休息一下，我们还需要讨论和投票表决。”看到已经超时，董事长不得不结束了面试，并客气地请安德罗波夫出去后，才把视线转向大家。

“你们看，我们对这两名候选人的情况都清楚了。苏佩丽各方面的优势明显，唯一的缺点是年轻。而安德罗波夫的优势是科学背景极强，且有进入商业公司发展自我的积极性，但是缺点也是明显的，那就是缺乏尽快进入角色和承担公司发展重任的可行性。”李程飞毫不隐讳自己的态度，几乎是将他的结论表达给了大家。

“我觉得不需要什么讨论了，我们投票表决吧。”梁斌说道。他显然更希望他推荐的候选人当选。

“我可以再说一句话吗？”彼得罗维奇问道。

“当然，请讲。”李程飞说道。

“苏佩丽的优势明显，但由于其家族对公司的贡献，会不会出现独霸专行的趋势，打破梁总一直以来倡导的开放、透明的管理作风，影响公司未来的发展呢？”彼得罗维奇说出了他的担心。

“苏副总虽然是公司创始人肖家远的后代，但已经是第四代了，因此她并没有什么特别的优越感，这一点我在和她的共事中深有体会。此外，公司的管理程序非常清楚和全面，即使是总经理，也不可能随意地变动，因此不存在独霸专行的可能。我倒是希望她在遇到重大问题时，能更加果断和坚决一些。”梁斌显然不太满意彼得罗维其这种不必要的猜测。

“谢谢俄罗斯董事彼得罗维其先生的提醒。作为苏副总的长辈，我会继续关注她是否能够继承公司的开放、透明的管理传统，确保她能够保持谦虚谨慎的工作作风。此外，确保公司的管理不走上独裁的道路，不仅是我作为她的长辈的职责，也是我作为公司董事会成员的职责。”肖凌宇在关键的时候也站出来为外孙女“拉票”。

肖凌宇的这句话说完后，所有的董事都没有再提出其他意见。

“好的，如果没有进一步的意见，我们现在投票。请工作人员发票。”

最后的投票结果是：苏佩丽11票，安德罗波夫2票。苏佩丽以压倒多数的选票，成为月球旅游公司新一任的总经理。

五

应航天局局长张军的邀请，刚上任不久的月球旅游公司总经理苏佩丽一大早就来到了航天局。她的女助理张晓宇紧跟着她，肩上背着一个小巧的笔记本电脑包。

“苏总好，什么风把您吹到这里来了？您还是那么精干、漂亮。”正是上班时间，电梯厅里有不少熟人都主动和佩丽打招呼，同时禁不住地夸奖她。

“不知道啊，是你们张局长的召唤，我哪敢不来啊！”苏佩丽也和大家开着玩笑。经营着这么大一家公司，虽说不能和国家航天局比，但是在中国航天界，苏佩丽也是重要的知名人物了。

“苏总好！我们到会议室吧，张局长在等着您呢！”张军的秘书李远在7层电梯口等着苏佩丽，一定是晓宇及时发短信息告知了李远。

在中国航天界有一种说法，用的是中国的歇后语，“十五个吊桶打水——七上八下”，七代表上，八代表下。因此，航天部门的领导都选择在7层办公，重大任务也总爱选带7字的日子发射，比如7号，17号，27号，而不是带8的日子。苏佩丽心里一边想着这个可笑的习惯，一边走进会议室。李远请苏佩丽和助理坐到会议桌靠里边一侧，并给她们倒上了茶。

这时，张军从会议室的另一个门走了进来。

自那天面试以后，张军的脑子里就放不下苏佩丽了。她的形象时不时地在他眼前晃动，她的声音也时不时地在他耳边响起。这也许就是一见钟情吧！

但是，张军也不是那么容易被征服的。他的理智还在死死地抗争，他在心里对自己说：我是航天员，在任何时候理智都要战胜情绪，确保做出正确的判断。

然而巧合的是，就在苏佩丽担任总经理后不久，林一凡主任下达的重大任务就到了：将联合国安全理事会会议安排在月球雨海旅店召开。这是个与苏佩丽一起工作的机会，正好可以趁这个机会好好相处一下。张军一边心里暗暗这样想着，一边走进会议室。

六

“大老板来了，欢迎，欢迎！”张军和苏佩丽握手问候。

“局长大人下令，我哪敢不来啊！”苏佩丽为了活跃气氛，顺口也开玩笑地说。

关于这个张军，苏佩丽听很多人说起过。他在做航天员的时候，就是知名人士，曾经在轨处理过许多复杂问题，经验丰富，年纪轻轻已经是少将军衔了，调任航天局局长，也是众望所归。关于他的家事，苏佩丽也有所耳闻，对他还不到中年就失去了爱妻备感同情。两年前，也有人想撮合她去见见张军，但是，她觉得此人距离自己很远，没加太多的思索就拒绝了。参加总经理面试的前一天晚上，苏佩丽在和姥姥聊天时，也曾谈起董事会的几位成员，说起张军时，姥姥对他夸奖有加。

“没有大事，我哪里敢请你这个大老板来啊，今天还真是有一件大事儿！”张军边说边走到会议桌的另一侧坐了下来。李远给张军倒了杯茶，然后坐到会议桌旁，开始做记录。

“是这样，”张军开门见山地说，“我们从国务院接到了一个重要任务，为联合国安理会安排一次会议，想租用你们的月球雨海旅店。参会人员不超过100人，分两天从中国出发和返回，分别在月面停留3天，重合的两天（也就是农历三十和初一这两天）是会议时间，因此需要你们配合，为我们预订这几天的100间客房，以及会议室和餐饮等。”说完这些，张军再次仔细地看着苏佩丽。苏佩丽今天的气色真好，面色红润，白皙的皮肤中透出来的微红好像是来自皮肤深处，非常迷人。她眉宇间既有妩媚也有智慧，神情微微紧张，但是在这样一个场合也可以说是足够从容了。她披着浓黑自然的及肩卷发，穿着黑色小西服，内搭白色衬衣，脖子上戴着一个精致的小项链，看不清是什么图案，也许是只小天鹅。

“这样啊，那真是我们的荣幸。”苏佩丽显然是被这么大的一个任务惊住了，但是，理智告诉她必须先表明自己的态度。紧接着，她的大脑开始快速运转，思考着这个任务会带来的各种可能性。

第一，月球雨海旅店如果接受这个任务，将会对旅店的未来发展带来可观的前景，不仅仅是一时的广告效果，更是各方面的，会带来深远的影响。这些领导人的观念会因为去了月球而发生变化吗？这不正是我为公司树立的新目标吗？

第二，可以利用这个机会，趁机将长期无法解决的几个问题一起提出来，交由政府甚至联合国来解决，比如那名滞留不归的旅客。

第三，存在一些具体的困难，比如如果这个时间段已经有旅客预订了，要如何说服和安排他们改期，还有餐厅、会议室的安排等。

第四，也是最重要的，就是需要确保顺利完成任务，不能出任何安全问题。是的，这个是需要马上提出来的。

“我们需要做一个详细的方案，但是在方案出台之前，我还需要了解一些细节。首先，会期预计在什么时候？”苏佩丽问道。

“国务院的想法是在明年上半年，也就是大约7个月后吧，选择农历三十和初一两天。这样看，应该是明年5月到6月间。”张军马上回答道。

“我们一般是从出行前8个月开放预订，到3个月前关闭预订通道。因此，明年5到6月的行程已经开放预订，估计已经有一部分旅客预订了这一段时间的旅程。我需要了解一下情况，看看到底有多少人，房间安排上有没有困难。另一个问题是，会议期间的作息时间是按北京时间还是按美国东部时间？这个和已经预订了房间的大部分旅客的来源有关，最好将作息时间分散，不然到时候旅店餐厅会很拥挤。”苏佩丽进一步问道。

“这个我还需要和外交部确定。既然我们邀请他们去开会，我们应该有权利要求按北京时间作息。但是我需要了解外交部的最终信息后再确定。”张军确实没有想到作息时间的问题，他虽然多次进入太空，但都是在中国空间站，所以都是按北京时间作息的。

“最后一个重要的问题，就是安全问题，我们需要政府的支持。因为目前提供旅店安全服务的只有保安公司，无法接待这么高层次的会议。”苏佩丽最担心的还是安全问题，这个问题是凌驾于其他所有问题之上的。

“是的，安全问题是最重要的问题。我们两人分一下工，你主要负责日程安排和参会人员的交通、食宿。我这里派一个人到你们那里办公，负责与外交部和联合国秘书处对接。我负责制订安全工作方案，你派一个人到我这里办公，作为安全联系人，负责就我们的方案和你们公司进行对接。”张军一贯思路清晰，将想好的工作模式抛了出来。

“那太好了，安全工作由你们负责我就放心了。关于交通、食宿，请放心，我们一定安排好。”苏佩丽心情放松了一点儿，笑着对张军说道。这个笑容那么自然和舒心，张军心中暗自夸奖着。

“林主任需要我们一周内出一个具体实施方案，然后上报国务院。这几天我们需要密切沟通，我随时可能要给你打电话，不会打扰到你吧？”张军这最后一句话显然有一点儿一语双关的含义。

“没问题，欢迎随时联系。我们争取周五前就给您一个方案，包括报价等，希望政府不要过多地压低价格哦！”苏佩丽显然没有想太多，愉快地答应了，同时谈到了价格问题，特意加了一个“哦”字，也是想将气氛搞得轻松一些。

“价格你放心，林主任负责和财政谈，但是一定要给我们报团体价啊！”张军当然知道公司和政府的不同，一定要把价格说在前面，还要签订合同。

“那当然，一定是优惠的团体价。我们派过来的安全联系人，我回去商量一下就告诉您。”苏佩丽此时显然觉得该谈的差不多都谈到了，心里想着要赶紧回去安排工作。

“好的，我们保持联系，再次感谢你从北京赶过来。是高铁还是开车？”张军站起来，贴心地问道。

“开车，如果不堵车时间差不多，两边都省得高铁、汽车来回换了。”苏佩丽也站起来，向张军走过来告别。

两人握手告别，张军把苏佩丽和助理两人送到了电梯口。

七

坐在从华安返回北京的车里，苏佩丽心里感到挺兴奋的。首先，公司接到这样一个重要的政治任务，当然从商业的角度来说，这也是一个大单子，会给公司未来的发展带来很多好处。其次，她明显感到张军是一个非常实在和精干的人，没有官架子，还有一种无形中的亲切感，好像以前就认识。这个感觉苏佩丽以前也没有过，她还需要再琢磨琢磨这个人，判断一下自己的感觉到底是什么。最后，感到和他一起工作挺愉快的，心中有底，估计相互补台合作是没问题的。

从华安中央政务区到月球旅游公司北京总部，两小时就到了。此时，也已经到了吃中饭的时间，苏佩丽决定下午就召开高管层会议，具体讨论相关工作方案。

八

这边张军马上请国务院办公厅帮忙联系国家安全部门，下午就来到国安部的机关大楼，商量安全工作方案。自从中央各级部委都搬到华安中央政务区以后，各部委之间联系起来方便多了。

接待张局长的是国安部31司的李司长。两人以前也没打过交道，自我介绍和寒暄后，谈话很快进入正题。

“张局长你来得正好，在接到国务院办公厅的任务后，我们刚刚还接到了外交部的急电。由于中国的盛情邀请，15个安理会成员国有6个国家的元首或总理都要参加会议，其中包括美国国务卿。因此，安全保障的级别上升了，我们称为一级勤务，也就是最高级别的勤务。”李司长直接就把情况摆明了。

“啊，这样啊！”张军听后感到非常惊讶。他原来以为最多也就是三级勤务呢。这下子责任可就更加重大了。

“是的，这样的话，安全工作就分为三个阶段：第一个阶段是从我们这里出发前后在国内的安全，我们按一级勤务来布置；第二个阶段是往返旅途，由你们航天局全权负责；第三个阶段是月面那几天的时间，也由你们航天局牵头负责，我们配合。”李司长提出了大致的方案。

“但是有一点我不太明白，为什么国务院要求大家都从中国出发呢？这个我需要请教你一下。有什么技术上的需求吗？”李司长接着问道。

“哦，我是这样理解的。这次中央领导提出要在月球召开联合国安理会，有很多政治上的考虑，但是也必须考虑可行性和经费。如果中国只邀请，不出钱，必定会带来大部分安理会国家参会费用的大增，引起不必要的抱怨，甚至缺席，影响会议成果。因此，我们需要补齐多出来的费用。从中国出发，可以用我们的超导磁悬浮发射系统，费用相比其他国家的发射系统要低，国家的负担就会少一些，当然这只是我的猜想。不过，在做出这个决定的时候，可能并没有想到参会人员级别的提高，以及随之带来的勤务费用的提高和安全责任的提高。”张军说出了自己的想法。

“你的猜测是合理的。刚刚外交部传来的信息是，中央领导指示要全力办好这次会，因为中国是月球雨海旅店的主人，所以将派出一名副总理参会。”李司长说。

“请你们尽快做一个往返途中和月面期间的安保方案，

争取下周一向国务院汇报。”李司长补充说。

“好的，我回去马上安排。”张军说完就起身道别。

在回航天局大楼的路上，张军感觉到肩上的担子一下子加重了，他能够想到的唯一的方案，就是在那三天清空月球雨海旅店，将房间全部包下来为会议服务。这个想法一定要尽快通知苏佩丽。

九

苏佩丽此时正在召集高管会议，布置相关工作。电话铃声突然响起，她看了一下手机屏幕，是张军的来电。她让大家继续讨论，拿着手机走出了会议室。

“张局长，您好！我正在召集大家讨论方案，您那边有什么新要求吗？”苏佩丽问道。

“苏总，我这里刚刚有一些新的情况，我想去北京你们那里当面谈一下。”电话里张军的声音比较低，看来因为保密问题，有不便在电话里细说的要求，苏佩丽这样想道。

“好的，我们的会议继续进行，先讨论着，等您过来，晚上见。”放下电话，苏佩丽想，现在是下午3点多，即使不堵车，张军局长到北京也是晚上下班时间了，估计事情一定很急迫，不然不会这么晚了还要赶过来。

这样想着，苏佩丽走进了会议室。

“苏总，刚刚我们的数据统计上来了。明年5月到6月的月夜，也就是5月20—21日，目前预订这两天的旅客已经达到32人，其中有17名中国游客，其他的主要是来自美国和欧洲国家的游客。”月球雨海旅店的客服部经理报告说。

“我们的餐厅最多可以容纳100人，通常如果有50～60人同时用餐，就会显得比较拥挤。但因为我们采用的是旅客时区作息制度，因此很少出现拥挤的情况。如果会议是100人，我建议分两个时间错峰用餐。”月球雨海旅店的后勤部经理目前在月面上，说话的是后勤部副经理，他们两人每3个月地面、月面的岗位轮换一次。

“此外，我们除了一个能容纳40人的会议室外，没有更大的会议室，也不可能像联合国总部那样将联合国安理会15个理事国的代表座位摆成圆形。目前的会议桌是长条形的，两边坐人，可以放18把椅子。但是后面还可以放第二排、第三排，最多可以容纳50人。”后勤部副经理继续说道。

“虽说我们有200间房间，但是我们的邻居，中国科学院月球研究所的工作人员长期租住了其中10间，所以实际上可以使用的房间是190间，除去目前已经预订出去的32个房间，实际可以利用的房间总数是158间。目前看，接待会议应该没问题。”客服部经理补充说道。

“首先，这个阶段的预订包括提前一天和推后一天的，也就是从5月19日到22日的房间全部关闭预订通道。如果有客户询问，我们可以告诉他们此期间有较大的团组预订，已经满了。”苏佩丽开始做指示。

“关于会议室，请做两个方案：一个方案是在用餐后将餐厅改为会议室，力争按照联合国总部的方式摆大圆桌，在安理会理事国代表的身后布置代表团的座席，每个代表团不超过3个座位。这个方案的关键是，用餐后多长时间可以布置好，以及会议结束后多长时间可以恢复为餐厅布局。另一个方案是利用现有的会议室，座席按代表团国家的字母顺序排，将秘书长的座席放在桌子一头，另一头空出来不放座位。这个方案的关键是字母顺序从哪里开始，是从靠近秘书长的右手边开始，还是从左手边开始，抑或是从秘书长对面的远端开始。要力争把中国和美国两个重要国家的座位排得靠近秘书长这边一点儿。”苏佩丽说得比较详细，大家都在本子上记录着。

“还有就是音响设备，我们可以提供16个麦克风吗？”苏佩丽问道。

“可以，我们最多可以提供18个桌子上的麦克风，但是没有同声传译设备。”后勤部副经理答道。

“那好，确保它们都能正常工作，不出故障。同声传译设备，我们可以提出来请秘书处带上去。但是我们可能需要在会议室边上搭建一个带隔音玻璃的小隔间。”苏佩丽继续说道。

“此外，安全工作很重要，要做到万无一失。那名滞留旅客现在的情况怎么样了？”这个是苏佩丽最担心的。

“我前天刚刚倒班回来，他的情况还是那样，就是不走，坚决要在月球上做义工。目前他主动打扫楼道和餐厅，挤住在职工宿舍门口的地板上，死活都不肯走。”后勤部副经理报告道。

“他的滞留期已经超过一个月了，我们已经将他的押金全部扣光了。实际上他在银行里也没有多少钱，刚刚够我们预订登记时的押金数。看来，他滞留在月球上面是有意为之，一早就计划好不回去了。”客服部经理又做了补充。

“这个问题必须解决，至少在会议期间，我们必须拿出一个方案，不能让他干扰会议的进行。”苏佩丽眉头紧皱，这个难题她想了很久了，就是没有找到解决方案。如果这个事件不处理好，会给月球雨海旅店的后续经营遗留下很大风险，一旦不断地有旅客这样干，就是大问题了，必须想一个能从根本上解决问题的办法。如果让旅店保安把那名滞留旅客抓起来，关3天禁闭，会不会违法？他是外国人，犯了我们中国的什么法律了吗？我们的旅店内部是中国领土吗？这次联合国安理会，也许是将这些问题都搞清楚的一个契机。

这时，助理张晓宇走了进来，在苏佩丽耳边低声汇报说张军快到了。

“请大家抓紧落实刚才布置的工作，明天上午讨论大家的初步方案。今天的会先到这里，散会。”苏佩丽看了看手机，这才看到十分钟前张晓宇发来的短信息，告诉她张军快到了。

十

苏佩丽和助理急忙下楼，在公司大门口迎接张军。张军从车里下来，马上和苏佩丽握手。苏佩丽第一次感到他虽然个子不高，但是手很有力。据说航天员的个子普遍都不高，因为身高不高的人在狭小的载人舱中活动比较方便。但是自从月球旅游公司大大地降低了发射成本以后，载人舱的空间变大了，燃料资源也没显得那么重要了，进入太空的旅客也就什么身高的都有了。当然如果超过一米九，月球旅游公司还是会劝说其放弃登上月球的，因为这样的身高会给同行的人带来一些不便。

苏佩丽稍稍走神了一下，但马上把注意力拉了回来，说道：“张局长这么急，一定是有重要情况吧！”

“是的，我们到会议室再谈。”他简单地回应着。

“到我办公室谈吧！我们刚刚散会，有的人还没离开会议室。”苏佩丽和张军边说边走进了电梯。

电梯停在了顶层，也就是21层。这里视线较好，虽然比起周围高楼林立的各大公司总部，这里还不是最高的，但是在天气晴好的时候，也可以穿过这些高楼中间看到北京郊区的西山。那里是苏佩丽长大的地方，从法国回来后，她就一直在北京的西边生活，一直到研究生毕业。

她的办公室足有100平方米，有西南、正西和西北三面窗户。南边是她的办公桌，北面是一个可以召开小型会议的会议桌，中间是一套沙发和茶几，靠东面半面墙都是书架，各种相关的专业书籍——航天、天文、月球、电子、机械、光学、通信，以及相关的期刊，还有大量的商业管理类书籍，在书架上排列得整整齐齐。书籍前的书架隔板上摆放着各种与航天和月球相关的纪念品、模型以及照片等。最引起张军注意的还是那些具有纪念意义的照片，这些照片记录了苏佩丽从学生时代直到现在的回忆，她洋溢着青春的脸上总是有着灿烂的笑容。

“请坐，张局长，我们到会议桌这边谈吧！”苏佩丽将张军引到了小会议桌前，也打断了张军的遐想。

“好的。你这里真是美景如画啊，看到你这里的条件和风景，真是让人羡慕啊！”张军禁不住感叹道。

“快到晚饭时间了，我让工作人员到餐厅订餐，就在我这里吃工作餐吧！”苏佩丽第一次和张军成为工作搭档，还是挺开心的，就建议道。

“好啊，我们可以边吃边谈。”对苏佩丽的建议，张军欣然接受了。

张晓宇接到了这个订餐的任务，和李远一同走了出去。

十一

“情况是这样的。我下午到国安部门去落实安全事项，了解到新的情况，回到办公室也看到了国务院办公厅打来的电话记录。”寒暄之后，张军开始谈工作了。

“得知我们邀请安理会到月球开会的情况后，各成员国都非常重视，其中有6个国家决定提升参会级别，由国家元首或政府总理作为代表参加会议，包括美国的国务卿。”张军继续说道。

“原来如此，怪不得你必须来一趟啊！这下子我们的责任更大了。”苏佩丽明显感到了真正的压力。

张军看到苏佩丽有些紧张，马上说道：“没关系，我们一起来承担，还有国安部门，他们决定将安保级别提升到一级勤务，就是接待国家元首的级别。此事要严格保密。”

“明白，那我们公司传达到哪一层呢？”苏佩丽问道。

“需要传达到部门经理一层，之后就不应该再往下传达了。对部门经理一层开动员会，我可以来讲话。”张军说完，看了看苏佩丽，他后面这一句话很明显是表明要来给她撑腰的。

“如果您能来动员一下，那就太好了。您知道，我们是一个私营旅游公司，尽管有很多职工是从国家航天和军工机构出来的，但是大部分都没有直接承担过国家任务，因此大家的保密意识不太强。的确需要您来讲一讲，以进一步引起大家的高度重视。”苏佩丽显然有些放心了。

“另外，我们的方案是不是需要调整？目前，那个时间段我们已经有32个房间预订出去了，还有10名中国科学院的研究人员在上面常住。你说的一级勤务，是不是需要清场啊？”苏佩丽问道。

“确实，这也是我要过来和你当面谈的。一级勤务的基本要求就是要清场，一切无关人员都要离开那里。”张军干脆直接说出了要求。

“客户的退订，或者延期安排，我们通过经济补偿，应该可以做到。中国科学院的研究人员需要你们航天局和中国科学院机关联系，应该也没问题。但是，我们还有一个特殊情况。”苏佩丽说到这里，想到那名滞留旅客一定要处理，是不是借这个机会正好把他“请”走。

“什么特殊情况？”张军好奇地问道。

苏佩丽把那名滞留旅客的事情详细地向张军进行了

汇报。

“您看能否借此机会将他‘绑’回来，这也是帮我们解决一个大问题。”苏佩丽用了一个“绑”字，她自己也不知道合适不合适。

“必须的！为此，我们需要提前过去两个人，把这件事儿给办了。”张军了解到这个特殊情况后，坚决地表了态。苏佩丽悬着的一颗心终于放了下来。

“还有，如果清场，我们的经济损失会较大，国家能给我们补偿吗？”苏佩丽到底是公司老板，政府任务可以接，但是必须按市场规律办事。

“应该的，要是清场，费用就是200间房间全部预订的费用了。这一点你放心，国家不会占你们公司的便宜的。但是你们的报价要再打折，因为我们是200间房间全包啊！”说到这里，张军也笑了起来。他感到和苏佩丽谈这些生意很有意思，有点儿半真半假的感觉。

“那太好了，我们当然可以按最大折扣，也就是70%的入住率来报价。那就是200间房间，按140间房间的正常报价来收费，给政府最大的优惠。”说完，两个人都笑了起来。

这时，订好的晚餐盒饭送来了，他们和秘书一起，在会议桌旁吃起了晚饭。

十二

美国纽约中央公园附近的一个豪华公寓里，克里斯正在玩着电脑游戏，与游戏中的歹徒进行激烈的搏斗。他已经连续两周沉迷于这个新的游戏了，肚子饿了就叫外卖，边吃边玩，可以说是废寝忘食。目前，他的游戏级别已经快升到最高级了，他更加不敢怠慢，唯恐前面的努力都白费了。

恰在此时，他的手机响了起来。

“快说，我现在忙着呢，没有时间。”克里斯接起电话，没好气地说道。

“克里斯，我是阿里，我这有一个千载难逢的好机会，我们也许可以报仇了。”电话那边的人急切地说道。

“什么机会？能不能快点儿告诉我，天上掉馅饼了吗？”克里斯并没有被阿里的话吸引过来，一是因为他现在正在游戏攻关的关键时刻，不想被打搅；二是因为这样的信息，他听得多了，每次都要么是子虚乌有，要么是机会太小，费力不讨好，根本无法实现。

“克里斯，我还是过去和你说吧！”阿里恳求道。

“好吧，既然你觉得值得专门跑一趟，就过来吧。再见。”说完，克里斯就挂断了电话，继续玩他的游戏。

十三

5个小时后，阿里从北部的一个小城开车来到纽约，按响了克里斯家的门铃。

这个时候，克里斯已经完成了他的游戏搏斗，订了一份中国餐馆的外卖，正在餐厅里吃着。

门铃响了，他估计是阿里到了，就走过去开门。他先从猫眼里看了一下，确认是阿里，才把门上的两道锁打开。

“你好！”

“你好！”两个人用拳头对了一下，好像是某种暗号，确认是自己人。

“到底是什么机会？这么急，快说吧！”克里斯边往客厅走边问道。

“你这里真好，条件优越，只可惜这么多钱都花在生活上了，我们的理想还是迟迟不能实现啊！”

他们在沙发上坐了下来，克里斯递给阿里一瓶刚从冰箱里拿出来的330毫升的百威啤酒。

“你说吧！”克里斯有一点儿不耐烦了。

“我从一个内部线索了解到，美国国务卿詹姆斯要破例去参加联合国安理会的一个常规会议。”阿里说道。

“这有什么？他每天都到处跑，我们有机会吗？还不是保安人员前呼后拥，戒备森严的。”克里斯显然有些失望。

“他的此次出行不同，这次安理会的会议要到中国的月球旅店上去开。”阿里显然感到自己抛出的这个重磅消息一定能够引起克里斯的注意，说完便期待地看着克里斯的反应。

“啊，真的吗？”很显然，这个消息震惊到了克里斯。

“这个也许我们可以研究研究，找到机会。他要飞往月球，再返回。也许我们可以找到什么破绽，使他的飞船坠毁。”克里斯从小就喜欢计算机及其他高科技产品，他还是个航天迷，现在已经是电子工程师了。这个信息勾起了他的“创作”欲望。

克里斯出生于美国，但是他的爷爷、父亲都是中东某国的移民。特别是爷爷当年带着父亲逃离祖国的时候，他们的家遭到了几轮轰炸，城市被炸得面目全非。爷爷的爸爸，也就是克里斯的曾祖父被炸死。因此，他从小就“继承”了家人对西方的憎恨，再加上接受了宗教极端思想的家庭教育，在学校里，他也只愿意和移民的子女来往，远离美国白人主流的那些社群。毕业后，他遇到了一个非常有钱的阿拉伯老板，这个老板在美国和中东之间做生意，很欣赏克里斯，就将克里斯发展成了一个秘密组织的成员，还给他提供经费，让他住在美国的高档社区。克里斯的任务主要是两项：一是接待来往客人，不过问这些客人的身份；二是寻找暗杀和实施重大破坏的机会，并将信息提供给组织，由组织决定和具体安排是否需要他来执行。但是，克里斯担任这个角色已经两年多了，还没有找到一次组织上认为有价值的机会。

阿里是克里斯发展的一个下线，一直忠心耿耿地跟随着克里斯，他平时的活动经费都由克里斯提供。两个人针对这个信息研究了一天，形成了一个初步的袭击方案，并起名为“欺骗计划”。他们把计划的实施方案建议写在了一封加密的邮件里。克里斯让阿里复制了邮件，用U盘带到外面一个笔记本电脑品牌的体验店，在那里的一台公共电脑

欺骗计划

上发了出去。

又过了几天，在美国的月球南极科考站新开办的旅店预订网站上，出现了一个名叫阿里·穆德的旅游者和一个名叫克里斯·福安的旅客的预订，预订的时间是第二年的5月18—20日。与此同时，月球雨海旅店的预订网站被多次攻击，询问电话不断，抱怨其预订通道关闭得太早了。

十四

华安中央政务区国务院大楼晚上还是灯火通明。

A副总理的办公室里，小会议桌子前坐着外交部部长、副部长，国家交通委员会林一凡主任和航天局局长张军，国安部31司的李司长，财政部副部长几个人。

“这么急把大家叫来，主要是传达一下中央领导的指示。今天下午，我把总体情况向中央领导做了汇报。他们认为，几个成员国的元首或总理提出要参加会议，特别是美国国务卿要参会是件好事儿，说明他们对联合国的重视程度有了提高。”A副总理说道。

“我们希望通过这次会议，进一步就凝聚全球各民族发展、遏制全球气候加速变化达成共识。至于安全责任和费用的增加不是问题，我们自己应该也可以承担。”他继续说道。

“中央领导指示，世界现在处于一个重要的转折阶段，无政府管理运动抬头，就是想依靠大数据和区块链的人工智能来主导政府管理的运动。这个运动在美国正在兴起，几个试验区取得了很好的结果，政府人员大量缩减，管理效率提高很多。我们国家也在几个地区级别的试验区搞了试验，正在摸索经验。这中间，最重要的问题还是发展不平衡。先进国家可以走在前面，但是大多数国家还处在积累财富的发展阶段，他们的数据不全，统计偏差很大。另外，如果地域管理特点不同，单纯为了减小统计偏差，增大试验区面积和人口，就会忽略地域文化和管理特征的差别，产生误差和人工智能的行政决策错误。人工智能用的管理模型目前多来自美国，其中融合西方的意识形态，将其简单地应用于其他民族和文化，也是不合适的。新中国100多年来的治理经验告诉我们，各国政府的管理，必须要具有本国文化的特色，根植于当地人民的心中。此外，政府在管理领域的改革，同经济体制改革一样，不能简单地实现跨越，必须循序渐进。跨越大了，就会进入陷阱，所谓中等发达国家的陷阱，既有经济层面的，也有政治层面的。因此基于人工智能的治理运动还需要进一步的试验和取得更多的经验，才能在联合国层面推广。这次美国国务卿参会，很可能就是为了推动这个事儿来的，我们应该做好其他安理会成员国的工作，不能操之过急。”

他继续说：“这次中央决定邀请安理会到月球召开，就是想统一大家在看待这个基于人工智能的自治管理运动方面的思想，确保全球各民族的可持续发展。另外，近十年来，全球气候变化明显加剧，统一大家意志进一步节能减排、推广利用绿色能源也是这次会议的一个重要议题。在月球上，大家可以看看自己的国家，看看全球的变化，特别是对于促进美国的节能减排和部分发展中国家转变能源结构非常重要。如同我们国家一样，经过近50年的努力，最终实现了碳中和。这两个主题是中央领导最关心的。”说到这里，A副总理环视了一下大家。

“这样看，如果各国领导人出席，层级提高，会议的效果会更好。我们需要做的就是要确保会议顺利进行，安全方面的保障至关重要。现在大家说说情况吧！”A副总理说完，首先把头转向了林一凡。

“我们这里的工作由张局长负责，请他介绍一下情况。”林一凡让张军先发言。

“好的，我们主要负责运送各代表团到月球雨海旅店，以及安排在旅店的会议、餐饮和各项活动。会议代表们从5月16日下午开始陆续出发，路途需要36小时，北京时间19日晚全部到达月球雨海旅店。会议从20日开始，21日下午结束，先到达的代表团从当晚开始撤离，23日全部离开旅店。最后一批代表团于25日中午前降落。出发和降落全部利用我国的发射场和着陆场，既降低成本，也容易实施安全保卫工作。从17日开始，旅店常规旅客开始清场，撤离。24日开始恢复正常营业。因此我们包场的时间是从5月18日到23日，共6天200间房间的费用需要支付。”张军一口气把日程说完。

“各代表团到达后和会议开始前，以及会议结束后和代表团全部撤离前，我们分批安排了月面行走和参观，包括参观中国科学院的月球研究所，这个我还需要和中国科学院具体协商一次。每个房间内都有单独的望远镜，可供代表们随时观测地球。由于正值月夜期间，地球景色最好，可以看到全球都在太阳光的照射下，地球上任何一点在24

小时内都会在大家面前呈现近12小时，当然是从西向东缓慢移动过去。代表们每人都会在旅店停留3天的时间，如果没有连续的云遮挡的话，他们都会有机会在月球上观看到自己的国家。”张军继续说道。

“由于旅店餐厅的容量限制，会议用餐需要分为两个时间段，每餐持续1个小时，每次50人左右。第一批代表用过餐之后，再换第二批代表用餐。这是一个条件限制的问题，没办法。另外，就是会议室比较小，无法摆成圆桌形式，因此各代表团的座席需按字母排序，设在一张长条形桌子两边，秘书长坐在一头，轮值主席坐在另一边。代表团其他随员，各3人，分别坐在第二排、第三排，在他们代表的身后。”这个细节张军必须说到，因为需要征得领导，特别是外交部的人同意。

“联合国同声传译需要6种工作语言，每种语言安排两个人，因此同声传译的人数比较多，无法坐在会议室现场。为此我们将他们安排在另一个小房间中，通过视频连接，他们可以看到会议室内的情况。这个具体细节，我们已经和外交部具体确认过了。”张军补充介绍道。

“张局长的方案我们已经研究过了，都可以。关于是圆桌还是长条桌的问题，不重要。当然如果有条件，最好是圆桌。条件不具备时，联合国也经常用长条桌子开会。原则是座席安排应该有一个说法，比如用英文字母，或者用汉语拼音等，事先让各代表团知晓就可以了。这次会议在中国的月球雨海旅店开，大家会理解并接受我们的座次安排的。”外交部的副部长明确表了态。

“很好。下面请李司长讲一下安保方案。”A副总理把头转向了国安部的李司长，说道。

“好的，我介绍一下初步的安保方案。首先，从抵达北京到发射场的安保，我们比较熟悉，这里不做重点介绍了。但是从起飞到抵达月球雨海旅店的这个过程，我们必须关注一些细节。按照月球旅游公司的方式，在地球轨道中转站和月球轨道中转站上，来往的旅客需要见面，实施换乘，也就是在地球轨道中转站上，来自地面的载人飞船要让给从月球回来的那批旅客，他们从月球回来的那艘地月转移飞船要让给刚从地面过去的那批旅客。两批旅客在中转站要相互见面。在代表团前往月球时，如果从月球回来的旅客中有事先潜伏的恐怖分子，就可能在交接见面时下手。因此，我们要求月球旅游公司，再提前两天清场，使得我们代表团前往月球时，在中转站不和任何无关旅客碰面。同样，我们返回时，后面订了房间的客人，要再推迟两天上去，达到同样的清场效果。月球雨海旅店提出费用问题，要求补偿他们2+2=4天的旅店营业额，但是可以按70%的入住率打折。”李司长显然同旅店沟通过了，代替苏佩丽提出了这个要求。

“月球雨海旅店虽然可以做到清场，但是有两个问题：一个是中国科学院月球研究所的工作人员。这个请国家交通委员会航天局和他们协商，应该问题不大。另一个是旅店里面目前有一名滞留旅客，需要采取特殊办法，使其离开。如果出现外交问题，需要外交部想办法平息。”说到这里，李司长把视线从A副总理那里转移到了外交部的同志那里。

“什么滞留旅客？你们想如何处理？”A副总理禁不住问道。

“就是大约一个多月前，去月球旅游的一个外国青年旅客，到离开时拒绝回到地球上，说自己要在月球上度过余生。他从房间里自动搬出来，到旅店职工的宿舍门口住了下来。旅店通过扣除他预先交的押金，迫使他回地球，但是他无所谓，钱也不要了，就是不想回地球。”张军代替李司长把事情介绍了一下。

“那你们想如何带回他呢？”A副总理问李司长。

“这个不难，可以用半麻醉的方式，使他不反抗，在有人陪同的情况下，将其送上返回地球的飞船。但是，他返回地面后，可能会抗议我们绑架外国公民，外国使馆、外交部或国务院可能会介入。”李司长平静地说道。

“我们可以尽力平息此事，但是最好还是不要发生，你们还有其他办法吗？”外交部副部长问道。

“目前看，这是保底的办法。不过还有时间，我们再想想，看看是不是在会期到来之前，让他自己主动回来。”张军说道。

“除了这两个问题之外，其他都不是大问题，我们可以确保安全！”李司长最后表态很坚决。

“好的，先按最好的方式解决，不行就只好这样了。请外交部的同志也做好应对方案，不要到时候措手不及。”A副总理说道。

“此外，旅店上的通信设施如何，能否保证代表团的成员处理他们国家的紧急问题？还有飞船的安全问题，能否保证不出差错和事故。”A副总理又把头转向了张军。

“通信设施是前两年升级的宽带激光通信设备，带宽增加了很多，数据容量没问题。而且可以通过我们的量子通信卫星，向地面和月球分发秘钥，为各代表团的通信实施量子密钥加密。飞船的安全也是可靠的，自旅店正式运营以后，从来没有出过重大事故。目前的飞船和中转站，都是近几年更换过的，都在寿命期内。此外，旅游公司拟调用由于清场而多余出来的地月转移飞船，在地月拉格朗日点L_1点附近停留作为备用，随时待命。就是在月亮和地球引力平衡点那里，在地球和月球连线更靠近月球一点的地方。”张军答道。

“好的，那今天的会议就到这里，请大家回去认真传达中央领导的指示，高度重视这次政治任务，继续分头细化方案，有问题及时报告。辛苦大家了！”说到这里，A副总理站起身来和大家一一握手告别。

当他和张军握手时，突然停了下来。“对了，我想起了一件事儿。就是前不久在讨论全球气候变化加剧的时候，中国科学院院长提交了一份非常详尽的报告，好像就是月球研究所的研究结果。张局长，你去和他们沟通清场的时候，可以再问问，如果需要的话，他们可以留1～2位专家，在会上具体报告观测和研究结果，现身说法。”

“好的，我和他们沟通时，了解一下情况。”张军说。

十五

中国科学院院部大楼里，欧阳副院长正在接待航天局局长张军。接待室的沙发上，欧阳副院长向张局长详细介绍着情况。

“我们的月球研究所建立的初衷，就是想获得一个特殊观测视角，主要是对地球。在此之前，近地轨道的卫星，包括太阳同步轨道的卫星，可以大视场、高分辨率开展对地观测。但是卫星会很快从观测地区上空飞过，不适合连续观测。因此发展出了很多星座计划，时间重访率达半小时，但是仍然缺乏连续观测和全球视野的能力。特别是全球气候变化的系统性研究，并不需要那么高的空间分辨率，而是需要全球视野。另一类轨道是地球同步轨道，也就是在36 000千米高度的轨道上，使卫星轨道角速度和地球旋转的角速度一样，这样从地球上看卫星，就像卫星挂在那里不动；从卫星上看地球，就像地球不转一样。时间分辨率可以很高，实际上就是连续观测，但是覆盖的区域是固定的。如果要以同样的视角看全球，需要在轨道上布局很多卫星。这个同步轨道，又是通信卫星的主要轨道，位置有限，且非常拥挤。因此，我们想到了将遥感器放到月球上面去。这个视角有如下几个优点：第一，月球有一面总是对着地球，就像一个大卫星平台，姿态稳定，无须调整，是天然的平台，只要把望远镜放到上面去，维护和运行成本仅限于望远镜本身，不用考虑平台的问题。第二，整个地球呈现在视场里，比刚刚讲的地球同步轨道还远11倍，因此遥感器对于地面的入射角比较一致，或换一个角度讲，就是用平行光看地球。第三，由于月球在慢慢地围绕地球旋转，因此观测的地理时间是变化的，一个月内可以看到地球各地在各个时间段的图像。比如在月球处于午夜的位置时，也就是正好在太阳和地球之间时，我们可以观测到地球各地在正午时的情况，由于地球在转，我们可以在24小时内看遍全球；同样，如果月球处在正午的位置，也就是月球处在太阳和地球连线的另一侧时，我们可以观测到地球各地在半夜时的情况，依次类推。特别适合做地球系统变化的研究。”欧阳副院长一口气讲了很多。

“当然，这个要得益于月球旅游事业的发展，如果没有月球雨海旅店，单单为了我们的研究工作，建设这么大规模的人类活动基地，是不可能的。”他接着又补充说道。

“谢谢欧阳院长给我介绍得这么详细，我虽然是搞航天出身的，但还真不了解月球基地对地球系统研究这么重要。我这次来主要是想通报一下最近联合国安理会相关活动的要求，希望科学院配合一下。”张军直接进入主题。

“好的，我们院长已经指示我了，我们尽全力配合。”欧阳副院长明确表态。

“因为这次安理会会议的参会人员级别提升了，不少国家的元首和总理都要出席，因此我们不得不按清场的要求来做安保方案。你看能不能在明年5月15—25日这段时间里，把上面的人都撤回来。”张军说完看着欧阳，不知道这个要求是不是能够被科学院接受。

“哦，原则上可以。但是我听我们院长说，我们最近关于全球气候变化的研究报告中央很重视，希望在安理会讨论这个问题时，我们留两名专家负责解释。这个不知道是否违反安保的规定。”科学院显然已经得到了上面领导的提示。

“当然，这个我也听说了。如果那两名专家就是在月球研究所工作的，就不用审查了，可以留在那里。但如果不是在那里工作的专家，需要再走一个审查程序。他们在会议期间的岗位和职责届时由外交部来统一安排。”张军表示同意。

“好的，我们按你们的要求来安排。”欧阳院长说道。

中国科学院和航天局有很多工作关系，因此沟通进行得很顺利。会谈仅仅进行了半小时，张军便告辞离开了中国科学院院部大楼。

十六

华安中央政务区，国家航天局大楼7层局长办公室。

“对不起把你请来，又有要事要商量了。”张军一面和苏佩丽握手，一面道歉道。

“哪里，最近你安排的都是大事儿，我自然是随叫随到。”苏佩丽也用玩笑的方式打招呼了。由于事情重大，张军和苏佩丽都不约而同地放弃了安全联系人的方式，直接沟通了。

“你这里风景也不错啊！”苏佩丽下意识地走到窗边，

向外望去。

窗外不远，是清水泊的水面，碧蓝的天空下水面也呈现出蓝色，大片的芦苇遮去了水面的大部分，一艘艘载着游客的摇橹小船在芦苇间穿梭。

“和你那里不能比，但是我最近也常常看着这风景发呆。”张军说道。

“为什么发呆？”苏佩丽诧异地问道。

“我也不知道，也许是工作上的问题吧。言归正传，我想请你安排我去一次月球雨海旅店，熟悉一下情况。”张军打了个岔，马上又回到了主题。

“可以，想什么时间走？我来安排。”苏佩丽问道。

“我想按代表团的行程走一遍，考察一下看还有什么安全漏洞。最近两周都可以，或者在月底，也就是新年前后吧。”张军看着苏佩丽说道。

“应该没问题，一到两个人，总能找到空位子的。我安排好后尽快通知你。李远和你一起去吗？”李远是张军的秘书。苏佩丽想到张军和李远目前都是单身，新年正好放假，工作不忙，可能会用这样的形式加班。

“不，我想一个人去，为国家节省一些经费，不用前呼后拥的，正好也是一次个人的体验，你说是吧？”张军回答道，这时他看到苏佩丽的眼里有一丝温情。

“但是我需要你在每一个环节给我指导，这个要求不过分吧？”他又说道。

“当然不过分。我会用我们公司工作用的通信线路和你保持联系，包括视频，如果你需要的话。”想起张军一个人在新年里独自飞往月球，没有家人陪伴，她心里确实觉得挺敬佩的，就马上表态。

“那就谢谢啦。”张军心里感到很温暖。

“今天轮到我请客，我请你到外面餐馆吃这里的特色——肉饼。”张军提议道。

“好啊，我正好饿了。”苏佩丽欣然答应。

第二章　踩点探路

一

河西走廊是古代丝绸之路的重要通道。出了当年的中国首都长安（今西安）先向西，再向西北走400千米，就进入了著名的河西走廊。称它为走廊，是因为它的北面是杳无人烟的阿拉善大沙漠，南面是连绵不断的海拔4000米以上的祁连山，单单中间这一条长达1000多千米的狭长地带，水草茂盛，非常适合人类生存。

月球旅游公司的专属发射场就建设在这里。从海拔不到1000米的平原地带的天地往返飞船维修和总装厂房开始，可以看到一条长长的磁悬浮轨道向东南方向的山上延伸过去，直至看不见为止，它的尽头在海拔5000米高的飞船点火位置。从厂房出发，搭载着飞船的可重复使用磁悬浮发射平台，将向着5000米高度的起飞点加速行驶。到大约2000米高度的时候，时速已经超过声速，固定在平台上的两个助推火箭也开始点火。在接近5000米高度的时候，速度已达约3倍声速，这时飞船开始点火起飞。用这种方式，就可以最大限度地利用地面上可重复利用的设施，减少起飞后需要回收的部分，使成本降低。目前只有中国的月球旅游公司和俄罗斯的一个载人发射场使用这个方式。由于磁悬浮轨道建设时，发射方向就固定了，所以入轨后的轨道倾角也固定了。这个轨道倾角正是按照地球轨道中转站的轨道倾角设计的。这样的设计对太空旅游再好不过了，但是对其他倾角的卫星发射就很不方便，因此目前只有每天重复多次发射的月球旅游公司采用这种发射方式。

2068年12月下旬的一天，张军在苏佩丽的陪同下，到达出发旅客的等待区。苏佩丽正在和工作人员交代着什么。张军则身穿浅蓝色的舱内航天便服，和另外4名乘客及一名驾驶员坐在游客等待区的椅子上。

“他是航天员出身，最后一次飞行是10年前。应该没有问题，刚刚你们为什么说他的体检结果不好。”苏佩丽小声地问体检医生。

“是的，总经理，我们不得不告诉你，张局长的心脏主动脉有50%的阻塞，因此有发生心梗的可能。因为他是临时进入这个团的，我们昨天给他补充做了彩超才发现，但是他不让我们对你讲，坚持要和这个团一起出发。”体检医生不得不向苏佩丽报告。

“如果坚持出发，这个心脏问题，会有什么样的风险？”苏佩丽急切地问道。

“这个很难说。但是在我们的规定里，一般是不容许这样的旅客上去的。如果在路途中心脏病发作，我们只能做简单的处理。而且即使到了月面上，我们也只能做简单的处理，不能进行手术。”医生继续皱着眉头说。

“你这里有速效硝酸甘油和太空养心丸吗？”苏佩丽问道。

“有。”医生说。

“那你各给我一瓶，我让他带着。太空养心丸可以马上吃，提升他的心脏在太空的适应能力；速效硝酸甘油备用，可以使他心里踏实一点儿，一旦发作，他也可以马上自救。我估计不让他上去是不可能的了。”苏佩丽说道。

医生马上到药品柜中拿了一瓶速效硝酸甘油和一瓶太空养心丸，交给苏佩丽。

苏佩丽走到张军身旁。“领导，你的心脏不好，这个你马上吃，另外再带上这个吧！”不知道什么时候，苏佩丽已经把对张军的称呼从“张局长”改为更亲切的“领导”两个字了。

“啊，你也知道了。我以前从没有发现什么问题。昨天他们非要说我心脏有问题，我才不信呢！我是航天员，绝对没问题。”张军显然对自己的身体毫无担心之意，也许是不愿意承认。

“你做航天员是10年前的事儿了。最近工作又忙，你可能忽视了常规体检。不能不相信医生的判断，所以，你要么不上去了，要么就按我说的做。带上这个，我刚刚向医生要的。”苏佩丽显然也不妥协。

“当然不能撤下来。哪里有到了战场上要打仗了，自己提出撤退的。你放心吧。我把你这个药带上，万一有什么问题，我先含上一片。”张军笑着一把抢过了苏佩丽手里的药，有点儿像个打打闹闹的孩子。

苏佩丽这时不知道为什么眼睛里好像要流出眼泪来。

她强忍了一下，也露出笑容，对张军说："记住，如果有任何不适，就含上一片。我们月球雨海旅店里有挺好的医生，除了不能手术，其他处理措施都有。但是在旅途中，你要当心些。"

这时，开往飞船发射平台的通勤车来了。两人握手告别，张军还笑着轻轻地拍了拍苏佩丽的肩膀。

二

苏佩丽和送行的人一起来到发射观礼台。

载有飞船的发射平台慢慢地开动了，沿着轨道逐渐加速，在半途中突然看到平台上的重复使用液体发动机开始点火，平台明显加速，明亮的尾焰沿着山脊逐渐升高。这时也可以听到隆隆的声音传来。火焰的移动越来越快，越来越高，就在接近祁连山顶峰之前，另一个火焰又点亮了。苏佩丽知道，这是飞船的发动机点火了。很快，飞船离开山顶向空中飞去，逐渐消失在了云层中。

三

飞船里，整流罩已经打开，飞船入轨了。大家都打开头盔的面罩，相互之间开始说话。张军的座位就在驾驶员旁边，他和驾驶员聊起天来。

“你是第几批啊？前辈。”张军问。

“我是第六批，张局长是第九批吧。我们那一批共20人，差不多一半退役后都到月球旅游公司来了。能像你这样的很少。你是我们的光荣。”驾驶员显然很尊重张局长。

“你们也不错啊，看看美国的航天员，退役后哪里有你们这样的职业可以干啊，不但没有离开飞行，还有高收入。”张局长也对驾驶员夸奖道，显然他对月球旅游公司驾驶员的职位挺感兴趣的，并估计他们收入不低。

“你们一般工作几天，休息几天？”他继续问道。

“我们一般飞一次大约10小时，从起飞到对接，最快2小时多一点儿，最慢需要5～6小时，因为需要在高度稍稍不同的轨道上等待。但是公司会最优化地安排我们自己、俄罗斯、美国、日本、欧洲，以及少量印度发射场的起飞时间，充分利用时差，将等待对接的时间做到最少。我们在中转站需要停靠大约1小时，主要是卸载给养和交换人员。离开中转站后到落地也就是2小时多一点，加上起飞准备，和返回后的重力恢复，大约就是10小时。然后休息2天再飞。”驾驶员说道。

“乘客中有不配合或发生过不安全的行为吗？”看来张军真是来踩点的，已经开始工作了。

“我这一段旅程，即天地往返飞行，通常都比较好。首先，刚刚起飞，大家要么很紧张，要么很兴奋，精力都在适应太空环境上，不太可能找什么麻烦。我遇到的唯一一次奇怪的事儿就是，一个女士还没到中转站就喊着要回去。我们只好在中转站让她多停留了几个小时，等找到一个有空位的回程团，就让她回去了。她白白付了月球旅店3天的房费，仅仅在地球轨道中转站待了几个小时。”驾驶员说道。

“回程也比较轻松，旅客从月球回来，显然见多识广了，好像人也变得大度和宽容了，都很平和、客气，而且都兴奋地盼着胜利返航呢，所以不会出什么问题。”他继续说。

“哦，这倒很有意思。去过月球就变得大度和宽容了。那有没有遇到乘客在中途生病什么的？如果出现这种情况，你们如何处理？”张军继续从工作的角度问。

“没有什么特别的病。我们对旅客的身体检查很严格，生理、心理，都要合格。确保不在路上出问题。”驾驶员很确切地答道。

这时，飞船开始和中转站对接。驾驶员集中精力看仪表和操作，张军就停止了发问。

四

对接完成后，驾驶员指导旅客脱掉舱内航天服，一一进入中转站——实际是飘入中转站。

张军对这一切都那样熟悉。他曾经在中国的空间站工作过多次，有一次长达14天。这个中转站完全是按中国的空间站设计的，其设计、建造出于同一家航天企业。当然，由于内部实验设备都被生活设施代替，成本要低得多。它有三个舱段，里面有两名定期换班的常住工作人员，也都是退役的航天员。他们都已经知道了张军的到来，专门邀请张军和天地往返飞船的驾驶员一起喝一“杯”，其实既没有杯子也没有酒，而是红色的袋装果汁。

简短的联谊和叙旧之后，张军开始娴熟地在三个舱段间飘来飘去，仔细查看这里的布局。这里不像空间站那样到处都布满仪器，反而有很多人文的东西，比如艺术品等。

由于没有了那些仪器，空间显得更宽敞一些。很快，从月球返回的旅客到了，他们热烈地和将要去月球的旅客们打着招呼，叙述着他们的经历。

这时，一名值班的中转站工作人员飘了过来。

“张局长，有你的视频电话，是苏总打来的。”工作人员说。

“哦，我要向她报个平安。”张军遂跟着他飘到了工作与生活舱段。

通过视频电话，可以清楚地看到苏佩丽的图像。

“你好！佩丽，我——感——觉——良——好。”张军飘到屏幕前，让苏佩丽也能看到自己。将“苏总”称呼为“佩丽”，这是张军不知不觉地第一次叫出口的，不知道为什么，他并没有觉得有什么不自然。

“哈哈，你怎么还是用航天员对地面领导报平安的口气啊！‘我——感——觉——良——好！’”，苏佩丽故意学着张军的声音放慢语速地说。“太正经啦！我们是旅游公司，不是中央领导。随意一点儿！”苏佩丽在屏幕上的形象笑容满面，让张军看着就高兴。

“哦，是啊，对不起，习惯了，我们一直是这样训练的。”张军笑道，同时扭头看了一下，旁边的工作人员正在捂着嘴笑着看他。

“这里的环境不错，很有文化气息，和我们的空间站不一样。但是所有技术设施都一样，应该很可靠，没问题。”张军说着说着就又回到工作上了。

“你尽管提意见，我们回头一定改正。”苏佩丽在地面上也不得不改为正式的工作口吻。

“好的，我们要出发了，到地月转移飞船上我们再联系。”工作人员已经给张军打了一个手势，要出发了。

关掉视频电话。张军又赶紧问了一下应急救生飞船的情况：“如果天地往返飞船出了问题，能否用应急飞船返航？”他得到了肯定的答案。

五

张军和其他4位旅客按指示，飘入了地月转移飞船。里面的两名驾驶员有一个也是航天员出身，另一个是月球旅店自己培养的驾驶员。中国政府的载人登月计划只进行了3次，因为花费的资金太多了，也遇到了无法持续的问题。一次是2030年，另外两次分别是2035和2040年，一共把6名航天员送上过月球。之后由于月球旅店事业发展了起来，就没有意义再搞国家的载人登月了，部分技术也转给了月球旅游公司。因此，国家培养的航天员之后就都没有飞往月球的经历了。他们目前的主要任务是飞往火星，正在做长期停留太空的实验。从2045年起，月球旅游公司就开始培养自己的地月转移飞船的驾驶员了。

在飞船里，张军正在座位上体验着0.1个地球重力加速度的感觉。他将座椅放平，躺在座椅上，感受是不是有在地球上躺在床上的感觉。有一点儿像，也有一点儿不像。像的是不会从床上飘起来，不像的是好像轻轻地浮在床上，翻身的时候不小心还会腾空一小会儿，然后再慢慢地落下来。他把座椅收起来，恢复成椅子状，放下小桌板，把身上口袋里的那一小瓶速效硝酸甘油拿出来，放在桌子上。瓶子确实稳稳地放在了那里，并不会飘起来，里面的小药片也都沉在瓶底。他又把瓶子拿起来，轻轻地扔在空中，并让它旋转，不像他在空间站里，瓶子会在空中长时间地打转，不掉下来。在这里，瓶子确实落了下来，尽管不像在地面上落得那么快。张军感慨，当时肖家远的这个小小的设计，真是巧妙，不用惯性飞行，而是补充了一点点儿加速度，就使得很多事情方便了，提前让旅客适应月球上的六分之一的重力。当然，这要消耗一些燃料。但是如果从月面生产这些燃料，就会比从地球上带上来便宜得多。

这时，张军座椅前面的视频电话闪了起来，他赶紧戴上耳机，按下接通按钮，屏幕上再次显示出了苏佩丽的图像。

“领导，你是否感——觉——良——好？”苏佩丽笑着问道。

“你不是中央领导，我就不向你报告身体情况了。”张军也开起了玩笑。

“好吧，我也不问了。我们的地月转移飞船如何？你们吃饭了吗？”苏佩丽言归正传。

“不错，我们刚刚吃过饭。有饮料，可以放在桌子上，这个轻微的加速度带来了无限的好处。”张军说着自己的初步感受。

“是的，但是我们需要从月面开采燃料，这个当初花费了很多研究经费，直到最近，才把研发经费填平。因为政府对这个项目不感兴趣，我们必须自己研发。”苏佩丽解释着。

“我们当初是不敢投这么多钱，因为需要花钱的地方很多。现在你们开发出来了，我们可以做你们的用户，买你们的燃料。这也是对你们开发经费的一种补偿啊。”张军对这个很清楚，因为中国如果要实施载人飞火星，从地球上带燃料去火星，比在地月引力平衡的拉格朗日点L_1点的燃料补充站加注从月球上开采的燃料要贵很多。那个燃料补充站，就是月球旅游公司的。他们大量的地月转移飞船都停靠在那里，还有一个专门的燃料加注站，为各国的深空航天器加注燃料。

“是的，除了我们自己国家，我们还有其他国家的用户。因此，研发经费逐渐填平了。”苏佩丽补充道。

“你觉得天地往返飞船和地球中转站上，有什么安全方面的隐患吗？”苏佩丽问道。

“对所有工作人员，我是相信的。如果提前将旅店清场，在中转站不遇到其他游客，就不会有人为破坏的问题。技术故障，你们有常规的检查，我也是相信的。”张军答道。

“还有就是食品和饮料，这些需要地面上加强检查，不用在这里控制。”张军继续说道。

“其他问题我再想想，回去再和你谈。”张军最后说。

“好的，你休息吧，也到了休息时间了。我今晚回北京，明天我从北京和你通话。”苏佩丽感到张军已经累了，不想再打搅他。

“那好，按你们的航班时间，我明天中午到旅店。”张军和苏佩丽在视频中相互挥了挥手，结束了通话。

六

在月球轨道中转站换乘时，张军见到了值班的两名会说一点儿中文的俄罗斯驾驶员。这两名驾驶员也曾是俄罗斯政府雇用的航天员，经验丰富，退役后受聘于月球旅游公司。这让张军想到，或许可以在接待代表团上下行的那几天，为了安全考虑，全部都换用中国航天员，这一点回去和苏佩丽讨论后再决定。

这时张军已经在月面载人飞船上了。他兴奋地看着舷窗外的月面景色，想象着当时“阿波罗计划”的航天员，他们在人类第一次就要着陆月球表面时的心情。

很快，飞船落进了圆筒形状的起飞着陆场。看不到一点儿月尘的飞扬，只有明亮的火光在筒壁上面的反射光，飞船稳稳地停了下来。

侧面舱门打开，驾驶员指导大家，慢慢地走出舱门。

“欢迎，欢迎！欢迎来到月球雨海旅店，请大家经过通道，到前台登记。”一名女性工作人员向大家问好。

“张局长好！我们特别欢迎您！苏总特别嘱咐，要我们配合好您的工作。”她见到张军时说道。

在前台，张军也受到了热情接待。他拿到门卡时，服务员特地说明这个房间的历史意义。这个房间中有肖总题字的艺术品，也是肖总女儿、董事会董事肖凌宇20多年前第一次来时住过的房间，同时也是苏总两次来处理公务时住过的房间。当然，旅店也安排过很多名人住过那间客房，游客可以在房间的门上看到那些名人的名字。

张军怀着很大的好奇心，迫不及待地打开了房间的门，并没有留意到门上那些写有很多人名字的牌子。

一扇大的落地窗就在眼前，窗帘打开着，窗外黑色的夜空中挂着蓝色的地球。尽管旅店开业后有很多人描写过从月球上看地球的景色，还有很多艺术作品描写此情此景，张军这几天在脑子里也想象过无数次，那应该是什么景色。但是，当你经过起飞，换乘，再换乘，着陆，来到这个地球以外的星球——月球的时候，你再看到这幅景象，还是会有更真实的，从另一个星球看地球的体验。若是没有上过月球的人，很难想象这种感觉。

她那样美，纯净的蓝色，上面白云缠绕，陆地上的黄色、绿色也是那样鲜艳。

她那样大，又那样远，但好像就在眼前，触手可及。

张军关上门，走进了房间，又在窗前站了一会儿，想起了自己多年来的太空任务，都是在近地轨道，在那里看到地球时的心情，也是一种美的感觉，比他在做飞行员时从飞机上看大地的感觉要宏大、壮观。他在轨道空间站上第一次看到地球和黑色的宇宙的分界线时，那薄薄的一层大气层，总使得他心里浮起一股怜悯的心情。如果没有了这层大气，人类就根本无法生存了，而这层大气又是那么的薄，那么的脆弱，这进一步坚定了他保护地球的决心。但是和在月球上看地球相比，在空间站，基本上没有离开地球。在这里，你确实有一种从外星球看地球的感觉。触动你思考的，不仅仅是保护地球，而更多的是关于人类在宇宙中的存在，在宇宙中的位置，甚至是在宇宙中的责任。也就是说，除了保护地球，还会有社会和哲学层面的灵感的触动。

想到这里，他又想起离开地球时那名驾驶员说的，从月球回去的游客，都有一种变化，至少看起来都变得宽容和大度了。也许经过灵魂的触动，他们都开始思考人生和人类的未来了吧。

张军回头看了看房间。在床头的那面墙上，还有一幅画，好像是《小王子》中的插图。再看床头柜上，还有一块岩石，应该是月球上的岩石，岩石上被磨平了一小块，上面写着字。仔细看，那是一段英文：

If you look at the sky, at that night, since I am living and smiling from one of the stars, you will own that star and all others.

这时房间桌子上的视频电话响了。张军快走几步，但是有些站不稳了，冲到桌子跟前，双手扶着桌子后才站稳。他按下了接通按键，图像中出现了面带微笑的苏佩丽。

“领导，刚到吧。你的位置在哪里，我随时都知道。别忘了你是在我的旅店里哦。”苏佩丽笑着说道。

“是的，刚进房间。正在欣赏地球和房间里的艺术品。”张军看到苏佩丽心里真的很高兴。

等了一会儿，苏佩丽的答复才过来，因为地月之间38万千米的时延有1.3秒，往返要2.6秒。“是的，这间房间是旅店最具历史意义的，我也曾经住在那个房间里。你看到了什么艺术品？”

“我刚刚看到了墙上的画，还有茶几上的一块月岩。Over。”张军发现必须用飞行员在单通道通信设备中的专用语言，就是英文的“结束”来作为他每一段话的结尾，这样可以使苏佩丽方便地知道他的话说完了。

“关键是那上面的字，你读了吗？”苏佩丽继续问道。

“还没来得及，你的电话就到了。Over。”张军继续回答道。

“哦，没关系，你有时间再读。我还是比较担心你的身体情况，心脏没有什么不适应吧？”苏佩丽直截了当地把心里的担心说了出来。

“谢谢你，佩丽，我随身带着你给我的那个小瓶子，心里很踏实，没有任何不适。现在北京时间是正午前后，你就在我面前的地球上正对着我的那里，北京是晴天。

Over。”张军这时就在窗前的桌子面前，可以看到面前那个蓝色的地球。

“是啊，你是不是有个感觉，这个地球就是你的，因为我在这里。好了，不说了！你开始工作后有任何问题可以随时和我联系。再见！”说到这里，苏佩丽就要挂电话了。

“好像有那样的感觉，那就先说到这里，再见！”张军按下了挂机按钮。他再次走到那个挂图旁。这次看到了肖总当年留下的题字：

当你在那个夜晚仰望天空时，因为我在其中一颗星星上生活、微笑，你将拥有这颗会笑的星星和所有的星星。

下面的法文，估计是同样的意思。

他再拿起那块月岩，读了一下上面的英文，发现也是这个意思。同时，他看到了英文下面的签字，是苏佩丽。

他这才想起刚刚佩丽同他说的那句话的含义了。地球上有你爱的人，你不就拥有了整个地球了吗？他第一次感觉到，自己真的被苏佩丽吸引了。他已经爱上她了。

七

约好了下午两点在会议室听后勤部经理的汇报，张军提前来到了会议室。

这个会议室就是安理会将要举行会议的地方。一个长条形的会议桌，和地球上的桌子不同，它除了桌面是木头的，下面部分好像是月壤砖，但是铺上了桌布，也看不出来什么。墙上挂着一些月球表面的照片和旅店建设时的照片，以及技术图表什么的。

这时，后勤部张经理及其助手走了进来。

“张局长好！您亲自来踩点，我们都非常高兴，心里也踏实多了。有什么问题马上就可以解决。”张经理一边和张军握手，一边说道。

“能不能解决，还得靠你们。你们先介绍一下情况吧。”张军说道。

张经理把旅店的大致情况作了介绍。各部门工作人员一共25人，大部分都要兼职，也就是一人司两职，以减少人员配置。因为工作人员的给养需要由游客带上来。这里的工作人员越多，每天需要运送给养的压力就会越大。

听完后，张军对大致的情况有了一个清晰的了解。但是他最担心的那名滞留的外国旅客的情况还没说。

“那个滞留旅客的情况如何？”他问道。

“哦，那个人叫麦克，他的情况苏总让我向你重点汇报。他在两个多月前以正常手续来到旅店，但是到该离开的时候，他人却不见了。我们在他房间里看到一份书面请求，说他不回地球了，要在这里做义工，不要工资。条件就是干一辈子，不让他回地球就行。我发动全体职工到处去找，终于在厨房的一个角落里把他找到了。好说歹说，他都不肯走。他同意扣除他的押金，但就是不走。你知道，我们回程需要乘客自己离开，无法实施强迫离开的措施，因为还需要两次中转站，在飞船里也需要乘客自己系好安全带，等等，旅客不配合是不能飞行的。为了不耽误那个航班的时间，就让其他人先离开了。我们请郑大夫，啊，就是我们这里的医生，她也是兼职的心理医生，给他做思想工作，但是不管用。我们发现他没有精神病，也并不是上来后改变主意的，而是早有预谋的。因为他的银行账户里，除了押金，就没有别的钱了。”说到这里，张经理停了一下，喝了口茶杯里的水。

“旅店里温度很舒适，他到处都可以睡觉，就搬出了房间，到职工宿舍那里去挤。可是谁都不想收留他，他就睡在楼道里。他每天主动帮助打扫餐厅、公共洗手间等。现在已经两个多月了，大家也有点儿习以为常了，就把他当作义工了。”张经理继续说着。

“为安全起见，我们地面上的预订部仔细查了他的资料，心理和生理检查都正常，没有精神方面的疾病和隐患。他是一个中学地理教师，35岁，未婚，父母健在，但是也管不了他。我们派同事专门到其父母家拜访，想请他父母出面劝说，但是他父母表示无法说服他，可能他们也怕替他承受更大的责任。他们说为了到月球旅游，麦克还向他们借了一些钱呢。”张经理无可奈何地说。

“关于月球的旅游和开发，国际上一直没有详细的条约和协议。按照我们自己的经营原则，只要是参加月球旅游的旅客，无论是从美国起飞还是从日本起飞，或是从其他哪个国家起飞，到了月球雨海旅店，都是国际公民，不分国籍，不用签证。合同上明确写了要接受旅店的管理规定，我们的规定里有一条，就是不能在服务合同期以外在旅店滞留，如果出现这种情况，将按天扣除押金。但是押金的额度，也只有200万美元，还是银行担保的押金，也就是你在银行里有这么多钱就行，不用转到公司的账户上来。如果出现滞留，公司有权利从该银行把钱提走。多留一天，扣30万；多留两天，加扣50万；多留三天，扣80万；第四天就全扣光了。就像信用支付的预付款一样，一开始就把200万都预支了。可是，我们的漏洞是，我们没有进一步的措施，无法实施强制性的驱离。”张经理说到这里，停了下来，看着张局长。

“明白了。我这次来，也是想试试有没有更好的办法处理这个问题，最好是让他自己回去，但是如果他坚持不走，我们也一定有办法。这一点你放心。此外我还要单独向你传达这次任务的相关要求。”张军接着向张经理传达了关于这次任务的安全和保密要求，因为佩丽和他说过，安理会开会时，也是由张经理带班。

接着，张军由后勤部张经理带着，先后查看了会议室周边的几个房间，餐厅、厨房、库房、职工宿舍，以及电力、通信、空调、生物循环等技术部门。

最特别的，也是张军特别关注的，就是那个号称避难所的地下涵洞。自从旅店开始建设起，这个涵洞就是用来躲避重大天外灾害的，比如小行星或流星雨，或重大太阳爆发后的辐射事件。但是，30多年来，这个涵洞从来没有启用过。因为，至此还没有遇到过一次重大天外灾害。所以，为了节省能源，涵洞里面并不充进空气。只有接到来自地面天文台和空间天气预警中心的灾害预报以后，才开始充气，根据设计，涵洞可以在15小时内充满空气。这个时间短于目前对小行星雨和太阳重大爆发事件的预报期。因此，接到预报后开始充气，使其在15小时内达到使用条件，完全来得及。

张军在张经理的带领下，来到避难所的隔离门前看了一下，就回去了。

八

晚饭后，张军决定自己和麦克直接见面，摸摸他的底。

在张经理的引导下，张军来到职工宿舍。只见此时楼道里出现了一个白天没有看到的地铺，是用酒店的浴巾铺成的。上面坐着一个白人青年，头发长长的，披在肩上，显然好几个月没有剪过了，好像是在静默打坐。

“麦克！”张经理叫他。

“这是刚刚从地面中国公安部门来的人，他需要和你谈谈。”张经理用英语把张军引荐给麦克，还特别把张军的身份说成是公安部门的。

“你好！”张军也用英语和他打招呼。

“嗨！”年轻人睁开眼睛，看着张军。张军蹲下身，靠墙坐在他对面。

“听说你不想回地球了，是吗？”

“是的，我不能回去了，也不想回去了。”

“不能回去，和不想回去是不一样的。不能回去，我们可以帮你；不想回去，那就是犯法了。”

“这里没有法。这里是国际公共地区，哪国的法律在这里都不能实施，何况我并没有危害公共安全，我是自愿做义工。”

“我们这里不需要义工。如果这里不需要你，你非要做，就是强迫，就是危害公共安全。这个十分清楚，你应该知道的。就像你非要到一个人家里做义工，人家不需要你，就可以报警。”

“是的，但这里不是私人住宅，是公共场所，而且是国际公共场所。我也并没有妨碍公共安全。”

“不对，这里虽然是国际公共场所。但是你知道，这里的空气，空气里面的氧气，你喝的水，吃的东西，都是旅客付出的票价分摊的。你超出了你付出的票价的旅游时间，不返回，就等于是多占了别人的资源。你交付的押金早就被扣光了，现在是在无偿地占用别人的资源，这就妨碍公共安全了。”

“也许吧，但是我可以用我的劳动换得这些资源，我给你们打扫卫生，我尽量不给大家添麻烦。”

“这个也不对，因为这里不需要你这个义工。这里所有工作都有安排了，计算得非常精细，这里的每名职工都身兼两职。清洁工作有人做，他们做完了，你再做一遍有什么用？并不创造任何价值。如果你真的想做这些工作，成为旅店的职工，你可以回到地面上，提交应聘申请。”

麦克沉默了，看来他还是一个懂道理的人。一个多月来，他只受到了驱赶警告，但是还没有一个人能够这么清楚地和他讲明这些道理，每次都是他把其他人给顶回去了。

“我非常喜欢这里，我们地球已经被那些人，那些毫无顾忌消耗资源的人毁了。我在这里可以找到清净和安宁，所有的资源都是重复循环利用的，没有一点儿浪费。旅客

“你可以回到地面上，提交应聘申请。”

来过月球之后，回到地球上，都在努力地改变地球上的人的观念。我到这里来，就是受到一个来过的旅客的影响，他现在是美国行星地球党的主席。他在力图改变人们的观念。美国的现实是，在那些大城市周边的别墅里，一个家庭也就三四口人，却要住几百平方米的大房子，两个大人要买3辆车，每天开车来回3小时上下班。房子里的空调是全年不中断的，就连出去度假了，家里的空调都不关。我的国家也一样，我身边这样的富人很多很多，我认为他们是无法改变的。因此，我要离开那里。我想为这里的公共设施服务。”

“当然，你的这个意愿是好的，但是你采取的方式是非法的。你应该用正常的途径来争取这里的工作岗位。设想一下，如果大家都采取这个非法的方式，这里的一切还能够存在吗？如果这里的经济循环和生态被破坏了，大家不来了，那地球上面人的观念就更无法改变了。”

麦克再次陷入了沉默。他没想到，自己竟然是在破坏这个已经形成自我循环的良好的社会和经济生态系统。这个中国公安部门的人是什么人，讲的这些道理好像都对，他不会真的把我带下去吧？

“好吧，我需要再想想，你们至少要让我在这里做1年的义工。我不会白占大家的便宜，我用我的工作来偿还。”

“知道自己做错了，就应该尽快改正。不能继续违法下去！”

麦克再次陷入了沉默，无论张军再说什么，他都一言不发。

九

张军回到房间，接通了和苏佩丽的视频电话。屏幕上很快就出现了苏佩丽的影像，但是背景已经不是在办公室，而是在家里。从视频中的画面来看，应该是在客厅，家具是偏现代的欧式风格，收拾得很干净，苏佩丽也穿着轻松的休闲装，一件粉色的长袖绒衣。

“你好！”

“你好！”

相互问候的时候，张军还没有想好要先说些什么，但是心里迫不及待地就是想看看佩丽。

“你和那个麦克谈了？谈得怎么样？”倒是苏佩丽在地球那边先问道。

“哦，谈了，应该说沟通得不错，但是他好像铁了心地要远离地球，他说他很喜欢这里。Over。”

“那怎么办？你们能有特殊的办法将他带离吗？”苏佩丽显然不知道国安系统的办法，所以仍然很着急。

“你放心，这个交给我来处理。你考虑一下，如何从法理法规上，找到一个可持续的办法，能够使这个事业良性发展，必要时我们通过联合国外空委，向安理会上一个提案。Over。”

“我也是这样想的，正在起草，我想能不能就在这次安理会上讨论，因为大家就在月球上，可以设身处地地想想这个决议案的必要性。你说呢？”

“那太好了，你们起草完之后，我们组织讨论，邀请相关国家的政府航天机构一起送联合国外空委。Over。”

但是说到这里，苏佩丽没有马上回答，而是看着张军。张军觉得有一点儿尴尬，就主动接着说下去。

“还有一个问题，就是我听说我们和美国在月球的南极旅店也有一些业务来往，必要时还可以利用月面往返飞船相互访问。我在想这里有没有什么安全问题。Over。”

“是的，那里原来是美国的月球南极科考站，后来

NASA将其逐渐转移给了企业去办旅店，只留了一小部分房间给科考人员用，有点儿像我们中科院的月球研究所。这个旅店开业已经快5年了，业务有一定的发展，但是发展不快。月球南极科考站的优势是，能源需求相对好一点，日照时间比这里长，但是地球从那里看去是在地平线上面一点儿，也就是月平线上面一点儿，很低很低，永远也升不起来。游客看到那样的景象，有时候会有伤心的感觉，他们体验到的和地球的关系不像这里那样理想，总觉得自己有一点儿被边缘化了。总是问，为什么地球不会升起来？等啊等，等了两天地球还是在那里。你能体会这个感觉吗？”

“有意思，好像是有这个问题。而且这个体验还是很重要的，我来了以后才真正地感觉到。”张军表示同意。

“我姥姥讲，当时选址时，她的爸爸，也就是我的曾外祖父，曾经认真地思考过这个问题。也真是难为他，全凭想象来思考的。我姥姥就是肖凌宇，你认识的！”

“当然认识，她是我们董事会最重要的成员。肖总是个天才，在新航天起步的阶段，大胆地推动了月球旅游事业，我们都是‘乘凉’的人。”

“谢谢你夸奖她！”苏佩丽听到这句话，心里暖暖的。

“我们还是言归正传。首先，会议期间那里和这里的飞船交通，必须受控，没有得到请示，不能来往。”

“这个没问题。我们通常只有在需要特殊支持，比如医生、技术支持时才会来往。而且都是相互通报，同意来往之后才来往。那几天里面我们可以事先都做好安排，不和他们来往！”

“还有，美国月球南极旅店的旅客，会使用我们的两个中转站中转吗？”张军想到了这个可能。

“不会的，他们直接把旅客从地球送到他们的国际深空门户站。他们的飞船从地球直接起飞，飞到门户站。但是由于他们的飞船能力很强，每次能够送20人上来，因此，他们需要用他们的月面往返飞船分批将旅客接到南极站，不经过我们的两个中转站。”

“明白了。”张军的一颗心放下了。

“你的航班是明天中午返回，上午你可以去看看太阳能电站的工作和能源工场，届时需要穿月面舱外服。这也是一种体验，比如你可以想象一下100年前阿姆斯特朗时代，人类第一次踏上月球的感觉。今年正好是阿波罗成功登月

100周年，记得吗？”

“是啊，100年了。要不是商业化的新航天的发展，我们可能还走不到今天呢！我明天一定去。”张军的心情一下子激动了起来。

接下来，两人又聊了一些个人经历，分享了他们各自学习和工作早期的一些有意思的事情，一直聊到深夜。

十

由于月面室外活动是旅游项目，每个游客都有体验的机会，因此，安理会的会议代表也会被安排参加。张军当然要按照代表们的行程都走一遍。

第二天早饭后，张军和同团的4名游客一组，在向导的带领下一起进入气闸舱，关上通往旅店方向的隔离门，穿上室外航天服。室外航天服的头盔、生保系统背箱都是常规的，就是在轨道空间站做舱外活动时用的那种。另外，月球旅游公司还为月夜特别设计了头盔面罩。由于月夜没有了直射太阳光，头盔的面罩只需做好真空隔离，不需要有防护紫外线辐射的处理，因而透明度更高，当旅客带上后，可以更清楚地相互看到对方的脸和表情。

大家都穿好室外航天服后，导游按动按钮，气闸舱开始减压，室内的空气被抽走，但是并不是白白放掉，而是被储存起来，返回来时可以再用。待气压与室外平衡，导游便打开通往室外的隔离门，大家依次来到室外。

月面在地球反射光的照耀下，很明亮，加上旅店的外墙是白色的，月面呈现一种梦幻的寂静之美。这道隔离门外有一个月壤砖铺就的小广场，广场上停着几辆三排座的敞篷月球车。大家上了其中一辆车，张军被安排坐在导游身边。

车是用电瓶驱动的，慢慢地就启动了。通过头盔的耳机，可以听到导游的介绍。他们先去能源工场。经过30年的开采，在距离旅店大约1000米远的一片区域，已经有一个长方形的、最深处达5米的露天矿坑。开采过的地方其实还可以再往下挖，只是如果再深一些，开采车上下会比较困难，因此，矿区逐渐向远处延伸，越远处深度越浅。提炼燃料后剩下的副产品，也就是那些月壤砖整齐地排列在矿区内，今后如何使用，是否建造更大规模的人类居住区，还有待研究。这些建筑材料也是资源，可以出售，但是目前除了雨海旅店自身的需求外，附近还没有出现另外的旅店。

从旅店到这里，月球车都是沿着一条大约6米宽的道路在行驶。道路也是用月壤砖类似的材料铺就的。月球车可以很容易地在上面行驶，并不颠簸，但时速只有5～10千米，显得很慢。

他们在距离停放无人自动采矿车最近的一处地方停了下来。每辆采矿车就是一个自动化的小工场。由于目前是月夜，因为能源问题，采矿暂停。如果是在月日的旅游团，可以直接看到自动矿车的工作情况。

“矿车一边行走，一边把它走过的地方的一层月壤铲起来，然后经过车内的传送带将月壤输送到一个高温加热炉内。同时在炉子的另一侧，向炉子中加入催化剂，促进氧原子析出。车上的大型太阳能帆板和自动跟踪太阳的聚光镜将太阳能转变为电能和热能，对炉子加热。当到达需要的温度时，氧元素从月壤中分析出来，成为气体。这些气体进入一个低温的冷凝器，凝聚成液体。冷凝需要的低温，就是背阳面的环境温度，不需要低温设备。冷凝后的液氧，依靠重力自动流到下面的一个储藏罐子中。剩余的月壤固体则进入矿车最下层的一个压缩舱，被压缩成月壤砖后，推出车外放到地面上。就这样，矿车一边走，一边生产，铲进去的是月壤，矿车开过去后，留下的是月壤砖。之后，另有一个机器人将矿车行走后留下的月壤砖收集起来，摆放整齐，就像刚刚大家看到的那样。”向导详细地讲述着，解除了大家的很多疑问。

“那旅店的玻璃是如何生产的呢？”一个乘客问道。

“月壤中有大量的硅元素，生产玻璃的过程和地面上类似，只不过输出的不是液氧，而是玻璃。从这里可以看到远处，有两个玻璃生产车在那边，已经停用很久了，因为大量的玻璃生产需求已经结束了。”向导回答道。

“但是能源的生产是持续的，因为需求不断。除了我们自己用以外，很多国家飞往深空的探测器，都在我们位于地月系统的引力平衡拉格朗日点L_1点的燃料补给站，补充加注燃料。大家看，能源生产矿车现在已经有三十多台了，而开始时我们只有不到十台第一代型号的矿车，成本也比较高。现在的成本只是开始时的三分之一，这要得益于大规模生产的效应。”向导显然还有其他兼职，对旅店的各项业务都比较熟悉。

大家下车，以矿车、矿区、远处的旅店，以及天空中的地球为背景，由导游给大家照了相，就又回到车上继续前行。

接下来参观的是太阳能电站。电站比较靠近旅店，一块块太阳能帆板占地面积也不小，大概有几千平方米。对能源的需求主要来自旅店各种设施，包括照明、空调、通信、生态循环与保障系统等。在月夜期间，能源消耗要求最小化。特别是后半夜，月日期间的热能储蓄基本上消耗光了，主要靠轨道上的太阳能电站，通过反射太阳光到旅店这里，每天提供大约200千瓦时的电能。向导向大家一一介绍了这里各分系统的工作原理。

由于轨道上用来反射太阳光的太阳能电站还要等一个多小时才能再次过境，他们没有看到太阳能帆板自动跟踪轨道电站的过程。

最后月球车回到了出发时的气闸舱大门口。大家再经过出发时的反向过程，也就是进入气闸舱后，先在舱中充入空气，达到一个大气压后，脱掉舱外航天服，再打开通向旅店的隔离门，回到旅店内部。张军觉得整个过程比较清楚，没有什么特别的风险。可以利用这个机会，让各国代表团在外面的月面上，比如在出口的小广场边上各自插上他们的国旗。但是这个形式，需要由外交部最后确定。

十一

在离开之前，张军还有一个地方要去看看，那就是中国科学院的月球研究所。

自21世纪初，中国科学院的科学家就提出要在月球上放置望远镜观测地球。也就是在太阳同步轨道和地球同步轨道之外，再开辟一个独特的观测地球的方式。但是苦于没有经费，无法完成这个奇妙的设想。

中国政府在“嫦娥计划”初期，以及在载人登月活动时，都曾帮助他们在月球表面放置过不同频段的望远镜。但是由于只能在月日工作，而且孔径太小，没有实现什么重要的突破。直到月球雨海旅店开始建设，中国科学院才找到了新的机会。他们和月球旅游公司合作，在旅店放置了一个1米孔径的光学望远镜，首先提供给游客使用，在游客不使用的时候用于开展对地球的科学观测，完全从地面上实施控制，不需要人员在月球长期逗留。这种合作方式持续了很多年，实际情况是，双方各自的使用时间大致上是各占50%。这看上去很好，然而，游客使用的时间大多是月夜期间，这也正是科学观测的大好时机，因此，这个望远镜在科学上的作用并没有被充分发挥出来。直到大约10年前，中国科学院终于得到国家发展和改革委员会的批准，依托月球雨海旅店，建设一个独立观测站，称为月球研究所，并专门为这个研究所提供了大量设备的研制与安装经费。这个研究所虽然叫月球研究所，但实际上大部分工作是开展对地球系统的研究，少部分是利用就地采样的便利，开展对月壤、月岩的研究。研究所单独建设有工作区，与旅店相连接，后勤保障依托旅店，因此其运行费的一部分是支付给旅店的。

张军事先和中国科学院已经联系好了，在他到月面后的第二天上午晚些时候到研究所参观。

“欢迎，欢迎，张局长！”研究所的邹所长在门口迎接张军。

“你好，邹所长！”张军和邹所长握手问候，走进了由旅店通往研究所通道的大门。

“如果一般的游客想来参观，你们能安排吗？”张军一边向里面走，一边问着。

“需要事先联系好才行，我们的工作人员不多，都是按北京时间作息，如果时间合适，我们尽量安排。但是一般来说，我们不接待来访。在月球上面的时间太宝贵了，把研究人员安排在这里的工作费用也非常高，因此我们不太愿意承接旅游项目。”邹所长实事求是地说道。

“特殊情况下，比如我们安排重要会议在月球旅店上面开，参会的代表想参观研究所，可以吗？”张局长不想说出安理会的事，他不知道，中国科学院是不是已经传达到了这一层。

“当然，这次安理会的会议很重要，是国家政治任务，我们一定全力支持，院长有指示。特别是，我们这几年的研究，主要就是针对全球气候变化，联合国安理会需要听听我们最新的研究成果，从而动员全球力量，遏制目前加速变化的全球气候问题。”显然，安理会的事，所长这一层已经被传达到了。

他们边走边说，来到了一个小会议室。在会议室里，邹所长对张军作了一个长达10分钟的报告，将研究所的总体情况，包括设备、人员、经费，以及研究方向和成果等做了一个简要的介绍。内容比张军从中国科学院欧阳副院长那里听到的要更加详细。

“真是太好了，没想到这个月球雨海旅店的建立和发展，对这么重要的科学研究工作也有重要价值。”张军听完后不禁感叹道。

“是的，如果由国家从头开始投入，建立这个研究设施，需要投入的经费要比现在的投入多几十倍、上百倍，甚至还不止。电力、能源、通信、生物循环系统，都要搞，当然最重要的还有人员来往的运输，这个就是你们国家交通委员会航天局的事儿了。我们这个研究方向，即使再重要，也不可能推动这么大的工程项目的立项。但是由于有了月球旅游公司的发展，我们才得到了便利，能够开展这些国际前沿的，而且对人类如此重要的研究工作。”邹所长也不无感慨地说道。

也许在建设这个旅店的初期，肖家远并没有想这么多，就像瓦特改进蒸汽机的时候，也没有想到会引发整个工业革命一样。我们政府工作人员，是不是应该想想这些呢？政府鼓励和扶持民营经济发展，不仅仅是发展经济本身，社会、科技、文化等各方面都会发生意想不到的变化。张军心里这样想着。

随后，邹所长带着张军到各个设备间去看了看。通过视频监控，张军看到了室外正在工作的各种设备，从微波、毫米波、太赫兹、红外线，到可见光，甚至等离子体的遥感器，应有尽有，大部分都对着地球，也有一些对着太阳和宇宙深空。有些设备透过房间里的窗户，便可看到。工作人员在室内主要是运行这些设备以及分析第一手的初级数据。接着，张军还通过窗户，看到了另外一个真空环境的实验室的情况，里面有几个月岩样品柜，还有一个小型的自动化质谱仪。邹所长介绍说，要到那一间实验室去，必须换上室外航天服。实验室柜子里的月岩样品非常丰富，除了在雨海附近采集的，还包括部分近几年在美国月球南极科考站附近合作采集的。将样品柜和质谱仪置于真空环境中，是为了维持月球原始的真空环境，这样可以更好地保护样品，在分析样品时不破坏它们的原生状态。如果在地球上模拟这个原生状态，要花很多费用模拟月球环境，还不一定100%的真实。因此，真的不值得那样做，不如就在这里保存和分析。经过分析后，再决定是不是将最重要的样品带回地球。所以质谱仪也放在那里，就在真空的原始环境下进行质谱分析。租用旅店的月球车，邹所长他们最远的采样点距离旅店大概有100千米。

“谢谢邹所长，届时联合国的会议代表参观研究所时，还需要你们留下必要的人员来接待访问和做介绍。”张军最后分手时说道。

“没问题，听从统一安排。”

“再见！”

“再见！”

他们握手告别。

十二

张军他们这个团的月面载人飞船马上就要起飞了。

他再次坐进了载人飞船驾驶员旁边的座位。想起刚刚离开前和苏佩丽的通话，他把目前考虑到的几个要点都布置给了佩丽。

第一，再等待麦克1个月，由张经理继续做他的工作。如果他仍然不下来，就由航天局协调国安部门，派人上去把他带回地球。

第二，对明年会议期间的所有驾驶员及旅店的值班工作人员，进行一次政治审查，不合格的一律换掉。

第三，地下涵洞避难所，应该做一次充气和避难演习。

尽管会浪费不少能源，但可以选择在月日期间做，费用增加到预算中。

第四，在室外活动大门出口处的小广场边上，找一块合适的地区，作为联合国和其安理会15个成员国的国旗区，请旅店代为设计适合月球环境的国旗和旗杆，可以事后向各成员国收费，并在安理会会议期间安排一个升旗仪式。由航天局向外交部报告这个实施方案，月球雨海旅店负责准备一定数量的室外航天服。

第五，取消和美国月球南极站在会期那段时间的来往。

第六，由于明年是“阿波罗计划”成功登月100周年，因此美国代表团可能会提出来搞什么活动，我们需要做好准备，既表示支持，又不能搞得太大，喧宾夺主。

倒计时准备，起飞。飞船以大约一个地球引力的加速度起飞，因为月球的引力只有地球的六分之一，这个加速度已经足以使飞船起飞了。但是人在上面的感觉要比从地球上起飞舒服很多。这种体验张军以前也没有过。他甚至有一点儿享受这个过程，因为离开一个地球引力已经快四天了。

在月球轨道中转站，他们碰到了刚刚经过一天半旅途，就要抵达月球，眼中饱含期待神情的旅客。在等待飞船装卸给养和货物的期间，张军又和佩丽通了一次话。当然这次，没有什么特别的工作内容。他们之间好像已经有了默契，总是利用各种可能的机会，保持着联系。

很快，他们就进入了回程的地月转移飞船。只感觉到一个轻微的震动，飞船就离开了月球轨道中转站，开始加速。

晚上，在飞船经过地月系统引力平衡点，也就是通常称作拉格朗日点L_1点附近的时候，驾驶员提醒乘客，看一下左边舷窗外的几个亮点。那里是月球旅游公司的能源加注站，有几艘停靠在那里正在维修和倒班的地月转移飞船。所谓停靠，实际上就是围绕L_1点做圆周飞行，使飞船不离开L_1点，伴随着月球一起围绕地球旋转。随着飞船的前行，可以看出这几个亮点与背景中的恒星的关系在发生着变化。张军根据当前飞船的速度，估算了一下，他们距离那里有10 000～20 000千米。

第二天晚上，张军他们和地球轨道中转站对接，然后换乘到将带着他们返回地球的天地往返飞船上。可巧，驾驶员正好就是送他们上来的那个人，张军又和他聊了起来。

“张局长这趟月球之行感觉如何？”驾驶员问道。

“很多新的输入，还来不及消化呢！”张军实事求是地回答道。

“是吗？很多人回来后，都变得沉默了，或者叫深沉了，不知道他们都在想什么。看来你也是。”

“可能回到地面上得好好梳理梳理。”张军像是自言自语地说。

“我主要负责这一段的航程，加入月球旅游公司之后，只有一次机会替班，飞了一次地月转移飞船，反正对接的方式是一样的，航程全都是自动导航，我也可以作为副驾驶去飞。那次是我距离月球最近的一次。”

“哦，感觉如何？”

“月球很有意思，上面都是撞击坑。那些坑，大的和小的形状差不多，但也有一些区别，比如有的中间平坦，有的中间有山峰。如果仔细看，也可以看到一些山脉，这个可能是月球早期内部还有活动的时候产生的。但是撞击坑都是被动产生的，非常悲壮。她为地球挡了多少危险啊！”

“哦，你这样看，真有意思。”

“最震撼的是当你在飞船上，随着轨道的变化，看到地球从月球背后升起的时候，你会感到我们的家就在那里，太亲切了。我之前从来没有对地球产生过那样的感觉。咱们生长在地球上，如果不离开地球，就不会有这种感觉。她（地球）是蓝色的，非常美丽。”说到这里，驾驶员看了一下张军。

“这个感觉当年‘阿波罗’航天员曾多次描述过。我们在近地轨道上也想找到这种感觉，但是不太一样，在近地轨道，仍然没有离开地球的怀抱。对吧？”张军问道。

“对，我的工作就是飞近地轨道，天地往返。我始终觉得我在地球的怀抱里。与从月球看地球的感觉不一样。在近地轨道，我们离开母亲的怀抱刚刚一点点，就又回去了。我感到地球母亲非常伟大，总是拥抱着我们，我们想离开也不容易。每次返回地球，特别是落地后，我都有这种感觉，母亲太伟大了，但是没有在月球轨道上看地球的那种感觉。”驾驶员总结得很准确，张军完全同意，因为他也有同样的感觉。

即将进入大气层，驾驶员开始关注各种仪表，他们的对话也就停止了。

十三

飞船进入大气层，出现了剧烈的震动。

剧烈的震动之后，一下子就变得平稳了，是主伞打开了，“母亲”接住了刚刚还在空中的“孩子”。

摇啊摇，摇啊摇。

一次重重的震动，整个身体都陷在座椅里，再也不飘了，“母亲”亲吻了他们，他们落地了。

大约半小时的重力适应之后，舱门打开了。外面是灯光，很多灯光，闪烁着，一股寒冷的空气进来。对了，着陆场已经是寒冬了。

张军凭着他多年航天员的经验，顺利地起身，迈向舱门口，看到了外面白雪覆盖的大草原。他非常熟悉这个着陆场，但是此时，他还有另一种期待。

突然，一个声音传来：

“领——导——，欢迎回家——！”苏佩丽在欢迎的人群里喊着，就站在不远处的隔离带外面。

他抑制不住内心的激动，但是双腿无力，迈不动步子，旅游公司的两名工作人员架着他，迎着苏佩丽走了过去。

第三章　全球气候变化

一

大雨中，莱昂·爱德蒙把妻子和儿子杰米放到了一个大木浴桶中，就是那种用来泡日式热水澡的浴桶，推向原来是街道，而现在是河流的洪水中。这些水其实来自海里。巨大的风暴把海水冲向了路易斯安那州的海岸，冲破围堤，灌进了沿海的、平坦的低洼地。爱德蒙的家就在这里。他们这个小镇本来是旅游度假胜地，新奥尔良的市民常常来这里度周末，到海边捉螃蟹。附近还有一个著名的森林沼泽地，可以乘小船在静静的森林中穿行，看那些大水鸟时而站在枯树枝上鸣叫，时而贴近水面展翅在林中飞过。

电视里的天气预报说，这次的飓风是50年不遇的。但是爱德蒙无论如何也不会想到海水来得这么快，加上大雨，使小镇的街道马上成了河道。他们家的一楼也很快被水灌满了，地下室也淹没了，只有那只大木桶飘了出来。

小杰米12岁，他和妈妈坐在木桶里。妈妈手里打着一把雨伞，但大雨还是把水不断地往木桶里灌。杰米心急之下，只好用双手捧着水向外淘。木桶摇摇晃晃地向下游飘去。这时妈妈和杰米都看到爸爸将他们推出院子门之后，就又划着水，向家里走去。

“莱昂！”妈妈喊道，“你快来啊！”

“爸爸……”小杰米也在大声地喊。

但是爱德蒙不想离开，他要看看这次洪水到底有多大，他要与他的家同在。母子俩的喊声在大雨中渐渐地弱了下去。一楼这时已经快被水灌满了，他从楼梯来到了二楼，来到卧室，先把保险柜里面的几份重要文件，放到一个塑料袋中，再用绳子系在腰间。就在这时，“咔嚓”一声巨响，刹那间，木质的房子向一侧倾倒下去。房梁一下子压在了爱德蒙的身上，他眼前一片黑暗，感到水淹没了他，他喘不上气来，几口水灌进他嘴里，紧接着他就失去了知觉。

二

美国得克萨斯州达拉斯市中心，希尔顿花园酒店，一个可以容纳100人的会议室内，行星地球党正在开全党代表大会。

党名“Planet Earth”，以及一个包含月球和地球的党徽挂在会场前面。成功连任的党主席杰米·爱德蒙正在主席台上讲话。

“同志们，我们党自成立以来，发展很快，目前党员人数已经超过5000人，其中绝大多数都是去过月球和到过近地轨道空间站的。总之，我们是一个与其他党派完全不同的党，我们党的宗旨就是代表人类，领导人类，保护行星地球。”

“自从上次党员代表大会以来，我们的工作取得了很大成绩，认识到地球的生态系统正在遭到破坏的人已经越来越多。根据上次党代会的决议，由我们的党员们投资和运行的绿色能源企业和实体的数量也有了增加。经过统计和计算，我们的党员经营的绿色能源企业可以替代或替换的二氧化碳排放量已经相当于1000万吨，这一数字在过去两年增长了20%，相当于一个较小的国家的排放量。但是人类对地球的破坏仍在加剧，极端天气现象频发，纽约周围修筑的防波堤已经长达100千米，印度洋岛国马尔代夫的面积减少了60%，中纬度的雨雪线还在向北移动，带来了北部水灾和南部干旱的加剧。然而，我们自己的国家中相当一部分富裕阶层，仍然在无节制地使用能源，他们的人均能源消耗远远高于一般市民阶层。自工业化以来，美国的总排放量仍然位列全球的前两名。

在世界范围内，部分发展中国家的工业生产仍然处在高化石能源消耗的阶段，特别是那些化石能源输出国，完全没有向绿色能源过渡。我们保护行星地球的目标，仍然任重而道远。”

会场内的党代表们议论纷纷，大家对爱德蒙的发言都表示赞同，对现状表示忧虑。

这时，一名年长的党员开始发言：“我们需要进一步的行动！这个问题自上次党代会以来，就是我们的目标，但是我们的力量还是很弱。我们自己虽然做得很好，但是在动员民众方面我们仍需努力！也就是说在领导人类方面，我们需要进一步的行动！”

“我们保护行星地球的目标，仍然任重而道远。”

另一名律师出身的资深党员开始发言："我们需要继续推动联合国采取行动，制定更严格的减排措施。尽管在上两次提案讨论时，我们的执政党共和党都使用了否决权，但是我们不能放弃！"

"杰米，我们能不能推动中国发挥更重要的作用呢！"另一名党员说。

"我们也需要进一步动员民主党在议会里发挥作用，迫使共和党行动起来！"

"是的，大家的发言很好！"爱德蒙接过话题继续说。

"我们确实需要进一步的行动！这次代表大会，就是要确定新的行动纲领。为此，我们首先要推动联合国通过一项我们党起草的、进一步严格控制二氧化碳排放的提案。这项提案经过我们半年的研究，还特别咨询了联合国政府间气候变化专门委员会（IPCC）组织里面的专家，所有的数字都有科学依据，应该已经比较成熟了。最近，我们通过内部消息得知，中国邀请了联合国安理会到月球上去开会，具体时间还不得而知。但是这是一个好消息，中国的目的应该就是要在那里推动联合国通过这项进一步减排的决议。"说到这里，会场明显安静了。也许不少人想到了自己在月球上面的体验，由衷地感到中国的这个行动的必要性。

“最近我听说，我的一个学生，也是我发展的党员，目前正在月球雨海旅店工作。他的父母告诉我，他花尽了所有的积蓄，不惜扣除所有押金，就是想在那里做义工。他的行为代表了我们党的宗旨，令我非常感动。我相信，如果安理会真的在那里开，他一定会发挥作用的。”爱德蒙说到这里，脸上充满了对自己学生的骄傲。

“那太好了，我们应该和他取得联系。”一名党代表提出建议。

“是的，我们正在联系近期要去月球旅游的游客，看看有没有合适的人和他取得联系。”爱德蒙回应道。

“其次，我们应该先去游说得州的民主党议员，让他们在国会施加影响，说服白宫，把我们的提案提交给联合国安理会。这样，在讨论时美国就不会使用否决权了。要确保提案在联合国安理会上通过。”

“这两件事，就是我们近期的具体行动。当然，我们的常规工作还要继续，使更多的人加入到保护行星地球的行列中来。”

三

坐在木桶中离开了家以后，小杰米就再也没有见到爸爸。他和妈妈顺水而下，被参加救援的海岸警卫队救下后，一直住在临时安置区里。直到海水退去，清扫被毁的小镇的海岸警卫队才在废墟中发现了杰米爸爸的尸体。他们家的所有重要文件仍然紧紧地绑在他的腰间，并没有被水打湿。这些文件成为小杰米和妈妈之后生活的唯一财富和身份依据。

杰米在后来的日子里变成了一个努力、善于思考的学生。在家里，他也总是想承担爸爸留下的责任。后来他和妈妈搬到新奥尔良，在那里他上了大学，毕业后自己创业，成了当地IT界一名很有成就的商人。

10年前，杰米参加了一次月球旅行，这次旅行彻底改变了他的人生。他从月球上看地球的时候，特别是当他看到墨西哥湾，看到路易斯安那州的海岸时，恍惚间他好像看到了爸爸。无形中他有了放弃商业前途、投身政治、改变人类观念的想法。回到地球以后，他用自己公司的部分资金，与几个志同道合、同样也去过月球旅游的人，成立了一个月球与行星地球俱乐部。3年后，这个俱乐部发展成为行星地球党，杰米先担任秘书长，后被选为党主席。

四

纽约市中心的一个写字楼，某公司的接待室里，杰米·爱德蒙正在和一个年轻人谈话。

“保罗，你好！我是行星地球党的主席爱德蒙。你可能不知道我们这个党，我们的宗旨就是代表人类，领导人类，保护行星地球。你最近要和你夫人一起去月球旅游的消息是你的朋友告诉我的，感谢他安排我们这次见面。”

“你好！到月球旅游是我们长久以来的愿望，只是需要一定的时间积蓄经费。这次终于可以成行了，我们非常高兴！你知道的，通过健康、心理和财务背景审查也是挺麻烦的。”保罗说话的时候，还是抑制不住兴奋的心情。

“我们的行程就在两周以后，从佛罗里达出发。”他又补充道。

“作为曾经到过月球的旅客，我祝贺你们！”

“我来找你，还有另外一个事情相求。就是给那里的一名义工带一封信去。我们和他失去了联系。”爱德蒙说出了最主要的来意。

“哦，这个当然没问题。我想那里的工作人员不多，你告诉我他的名字，我上去了一打听就应该知道了，带信去没问题，只要符合安检的规定。”保罗欣然答应了。

“当然。”两人握手，爱德蒙起身离开了接待室。

五

接下来，爱德蒙的另一个任务，就是到华盛顿游说一名国会议员，让他去联系更多的民主党议员，一同说服白宫。

华盛顿地处北纬38度，与北京类似，是个四季分明的城市。但是近十年来，这里变得十分多雨，冬天常常大雪不断。这时正在下着小雪，爱德蒙冒雪站在国会大厦的入口，等着进入大厦，拜见他约见的得州民主党议员。过了大约10分钟，他被容许进入大厦。

在议员的办公室里。爱德蒙和议员寒暄后，坐了下来。

“你们的行星地球党发展得如何？总部设在我们得州，我总得过问一下，说到底你们也是我们民主党大阵营里面的。”由于是熟人，议员先说话了。他穿着笔挺的深色西服，白色衬衣，打着领带，与爱德蒙的一身便装形成鲜明的对比，还有一点儿居高临下的气势。

“是的，我们有一些发展，但是不是很快。主要是因为我们对入党的条件要求比较苛刻。如果没有真的到过月球，或进入过太空，可能不会一下子理解我们的宗旨，没有真正的共同语言。但是能够去月球的人到底还比较少，因此我们的党员数量只是在慢慢地增加。”爱德蒙谦逊地说。

“你们的宗旨不就是代表人类，领导人类，保护行星地球吗？我认为后面那句话，保护行星地球大家是有共识的，我们民主党就是高举这个旗帜的。但是前面那两句话，确实比较激进，特别是领导人类，你们怎么能做到呢？”显然议员不是真正地认同这个宗旨。

“是这样的，到过月球以后，当你回望地球，你会觉得我们地球就是一颗行星，她的样子是那样的美丽，没有那些国家之间的边界，只有蓝色的海洋和白色的云。你会领悟到，生活在地球上的所有人类都应该是一家人。但是实际上，当你回到地球上，你会发现很多人并不是这么看待地球和自己的。人类分了这么多国家和种族，相互之间还在不断地争斗、甚至残杀。我们需要站在更高一层来看人类，需要一个党站在这个层面来代表人类，领导人类，保护好我们自己的这个行星——地球，这就是我们的宗旨。”爱德蒙找到机会就会宣传自己党的宗旨。

“好，好，好！我不和你争辩了。你来找我要说什么具体的事？”议员显然有一点儿不耐烦了。

“谢谢，的确有一件公务，就是我们想在明年上半年的安理会定期会议上提出一项严格控制二氧化碳排放的提案，进一步加强节能减排，遏制全球气候变化。希望您能推动白宫接受这个提案，并提交联合国安理会。”爱德华的眼睛里充满了期待的目光，边说边看着议员。

“这个嘛，也是符合我们民主党的政策的。但是我们的对手共和党，总是以经济利益为先，以美国人、其实是那些有钱的美国人的生活质量为先，在讨论节能减排时，总是制造一些障碍。目前的白宫和我们常驻联合国代表都是共和党人士，这个你是知道的。”议员感到有些为难。

“但是这次机会难得，共和党也许会改变观念呢！因为这次安理会的会议要到月球上去开！”爱德蒙平静地说。

“什么？你说安理会会议要到月球上去开？”议员脸上充满了惊讶的表情。

“是的，我听到确切的消息，中国主动邀请所有15个成员国的代表到月球上去开会，美国可以派4个人的代表团，秘书处已经同意了。您可以给我们的常驻代表打电话再确认一下。”爱德蒙继续以平静的语调说道。

“我现在就打电话核实一下。”议员拿起了电话。

与美国常驻联合国代表林德通电话的时候，爱德蒙可以看到议员的表情一再变化，从疑惑到惊讶，再从惊讶到更惊讶，再到完全相信了的表情。最后，他放下了电话，转向爱德蒙说：“是的，这个消息很重要，中国确实提出了邀请，秘书处完全同意，正在和各国代表确认名单。已经有6个国家提升了外交级别，决定派国家元首或者政府总理参加。白宫的初步决定是派国务卿参加。中国也许会派副总理参加。”

“啊，那真是太好的机会了，一定能够做出重要决议啊！”爱德蒙也被这个进一步的重要消息镇住了。

“我们应该利用这个机会，你把你们起草的决议案给我，我来协调两党，共同推动。”议员的态度变得积极了。

爱德蒙把手提包打开，将放在文件夹中的决议案拿出来，隔着办公桌，用双手捧着递给议员。

六

华北地区正在下大雪，地面积雪已经接近半米。尽管近十年来，华北地区的降水量增加很快，每逢冬季必会下雪，但是这样的大雪近几年来也还是没有过的。北京城里的清扫车在道路上繁忙地工作着。

高速公路上，一大早清扫车就将道路扫得干干净净。但由于雪不停地下，路面上还是出现了积雪。一辆黑色轿车正在向华安行驶，车里的苏佩丽身着深蓝色呢子大衣，脖子上系着一条点缀着黄花的紫色小丝巾。前排副驾驶的座位上，坐着她的助理张晓宇。

昨天苏佩丽接到了月球旅店后勤部经理的情况报告，一名美国游客在餐厅里打听那个滞留旅客麦克，之后又交给了麦克一封信。这引起了苏佩丽的很大警觉，认为必须报告张军，并劝说他一定要采取行动了。

车子下了高速，沿着弯道进入中央政务区，显然，这里的雪清扫得更干净一些。但是可以看到，各机关大楼地下停车场的入口处，多了许多防洪用的沙袋，预防着化雪后清水泊可能会出现的泛滥。

苏佩丽和张晓宇在航天局大楼前下了车。李远在门口迎接，带她们直接上了7楼，来到张军的办公室。

“一大早就出来，下雪又开不快，你不用太着急了。昨天接到电话后，我已经向国安部门报告了。”张军起身到门口迎接她们。从那趟去月球考察回来后，他们的关系显然密切了很多，几乎天天都通电话，但是那层窗户纸还没有捅破。

“谢谢你，行动这么快！我感觉在美国那边，保密工作一定不是像我们这边这样严格，因此安理会的事，特别是外交级别的提升，也许已经众人皆知了。”苏佩丽一边感谢张军，一边抱怨道。

“这个不能排除，但是至少在公开的媒体上还没有见到报道。我们分析，麦克的身份和行为很可能是被利用的，而不是事先预谋的。因为他决定滞留的时候，我们政府还没有对安理会发出邀请呢。”张军的分析也有道理。

“这个也是，但是递交信件的事，也不能忽视。从上次你和他谈过后，据张经理说，他实际上已经有了下来的想法了。他说他已经具备了代表人类、领导人类的觉悟了，可以下去完成他的使命了。”苏佩丽说。

“‘代表人类，领导人类’？这两句话怎么听着怪怪的，他信教吗？”张军问。

“不知道，好像没人看到过他做祈祷、礼拜或什么宗教仪式的事儿。”苏佩丽对那两句话也感到挺奇怪的，所以才向张军报告。

“你们需要关注一下，他接到信后的反应。如果是家信，就可能促使他下决心下来。”

“好的，我通知他们继续关注。”苏佩丽马上拿起电话，接通了北京总部，并布置任务。

这边，张军也正在和国安部门通电话，进一步反映情况。

转眼时间已经接近中午。

“就在我这里吃完饭再回去，中午雪会化一些，等下会好走一点。”张军说。

“好的，吃盒饭吧，就在你办公室吃。”苏佩丽显然是想和张军单独在一起多待一会儿。

这时，张军桌子上的电话铃响了，是红色的电话机。

张军拿起了电话。

“哦，好的，好的，哦，好的，知道了，我们一定密切关注。你们做好方案，我通知苏总安排行程。”张军放下了电话。

“国安部门了解了，所谓‘代表人类，领导人类’，是美国一个党派——行星地球党的宗旨。看来麦克和那个党有关系。”张军对苏佩丽说。

“行星地球党？是个什么党？是恐怖组织吗？”苏佩丽显然很着急地问。

“不是，国安部门说，行星地球党是美国一个环境保护主义政党，党主席和大部分核心成员都是到过太空，特别是到过月球的人。他们具有非常强的挽救人类的意识，因此党的宗旨就是‘代表人类，领导人类，保护行星地球’，看来麦克至少是这个党的拥护者，自己认为还没有去过月球，还不具备‘代表人类，领导人类’的能力，所以想留下做义工，提升自己的觉悟。经过这三个月的时间，他自己认为已经具备这个觉悟了，因此可以回来，开展保护行星地球的行动了。这可能也是我和他谈话时提示他，要回来做些有意义的事，使他开始动摇了。”张军的分析还是很合理的，苏佩丽点头表示同意。

突然，苏佩丽的手机响了起来。电话是总部值班室打来的。

“哦，这样啊，好的，知道了，我马上向张局长报告。”

苏佩丽放下电话说：“刚刚上面传来消息，麦克又表示不下来了，而且态度变得十分坚决。”

“哦，那这个情况就比较清楚了，那封信一定不是来自他家里的。”张军自言自语道。

“好的，我马上报告李司长他们。”张军拿起了电话机。

七

在返回北京的路上，雪不但没化，反而下得更大了。苏佩丽正在思考着一个具体问题。

刚刚在航天局，国安系统的安排通知下来了。国安系统将派两个工作人员上去，把麦克带下来，但是如何行动并没有告诉苏佩丽和张军，只是要求他们尽快安排好那两个工作人员登月的行程。为此，苏佩丽正在赶回北京总部，研究如何调整目前已经登记注册的旅客，因为近期的预定都是满的。

考虑到他们的行动，苏佩丽有些担心。

第一，月球旅游公司是一个国际化的私营公司，必须公平、公正地确保每一名旅客的安全和人权。再大的客户，其地位和任何一个个人客户原则上都应该是平等的。不能因为大客户的利益，损害小客户的利益。因此，李司长他们的人，不能有特别影响其他客户旅游体验的行为，以免对其他客户造成惊吓，引起恐慌。当然，更不能在往返的交通工具上出现异常，特别是中转站上，人流更多，不能形成无法处理的场面。为此，苏佩丽必须和张军以及李司长他们交代清楚。

第二，这次行动必须是秘密的，不能让董事会知道。如果上董事会讨论，必然无法通过。就像上次董事会，大家对麦克的行为都无能为力，无法做出强硬的表态。不过，这也许就是董事会默许总经理可以全权处理这件事的原因所在。因此，即使是在最高管理层，也不能同其他几位副总经理商量此事，必须秘密进行。那我回去后，安排旅客调整出行计划，又如何解释呢?

但是，再反过来想，如果不处理这件事儿，安理会期间出现安全问题，不但中国作为东道主无法向成员国交代，对月球旅游公司的声誉也会有极坏的影响，使得本来一件大好事儿变成一个丑闻。更甚一步，如果有人想如法炮制麦克的做法，都上来做义工，拒绝回地球，月球旅店就会变成避难所，甚至成为犯罪者的避罪天堂，因为在旅客登记审查时总会出现遗漏和失误的。这次问题解决后，一定要在联合国层面出台一个决议案，做出必要的相关规定，赋予月球旅游的组织者安全保证等方面的国际化权力。但是，眼前的问题如何解决呢?

想到这里，苏佩丽决定再次返回华安。何时把麦克带下来倒并不是那么急迫，因为距离会期还有几个月，但是处理的方式太重要了，必须确保不出问题。

这时，车外的雪越下越大。虽然时间是下午3点左右，但是，天几乎全黑了。苏佩丽指示调头回华安，车子从最近的一个出口出来调头。

没想到的是，出来以后，再想调头进入高速已经不可能了。由于天气原因，高速已经封路了。他们只能从国道向华安开。由于高速封路，这条国道拥挤着大量本来打算走高速的车子，再加上下雪，只能以不超过60千米的时速行驶，就这样还走走停停，待他们回到华安时，已经是晚上9点了。

八

白雪覆盖的华安中央政务区，尽管道路上的雪在不断地清扫，但是路边花园、草坪上全都覆盖着厚厚的白雪，在夜间的灯光下显得格外明亮。灯光下可以看到雪基本上已经停了。清水泊的岸边上，清水泊大酒店的大楼，被灯光照得非常豪华和明亮。

在酒店大堂门口，张军笑容满面地迎接着疲惫不堪的苏佩丽和张晓宇。

“这叫‘人不留人，天留人’，欢迎回来，李远说你们要往回返，我就让他给你们订好了房间，晚饭我也订好了，就在这里吃。”一边迎接苏佩丽，张军一边笑着说。

“本想尽快返回，再落实一下具体实施步骤。真没想到高速封路，国道又堵车，走了近5个小时。”显然苏佩丽被堵车搞得心情不太好。

“我知道你回来的意图后，就约了李司长，明天一早见面。今天晚上无论如何都不能谈工作了，稍稍休息一下吧。”看来张军打好了主意，要让苏佩丽轻松一下的。

“那好。你的效率真是很高，明天早上已经很高效了。”

苏佩丽感到很满意。今晚当然不能再约李司长，最早也要明天一早了。

“那好吧，我们今天晚上就不谈工作了。”苏佩丽也放松了下来。

在前台办完入住手续，张晓宇接过苏佩丽的大衣，说替她放到房间，又说要去看一个同学，就离开了。

张军和苏佩丽两个人来到酒店的一个西餐厅，选了一张小桌子坐了下来。

“喝什么酒你来点吧，我可不敢班门弄斧，你们一家子都是到法国留过学的。”张军开玩笑地说。

“好吧，那我得看你点什么菜啊！”这时，苏佩丽也放松了下来，从张军手里接过了酒单。

张军一边看菜单，一边问道，“现在已经9点多了，你饿了一下午，吃点硬菜吧，牛排怎么样？”

“好的，”苏佩丽欣然答应，“那就选一款勃艮第的黑皮诺吧！”

一会儿，服务员拿来了酒，同时还拿来两支蜡烛，点上了。小小的餐桌上顿时充满了浪漫的气氛。

“已经 9 点多了，你饿了一下午，吃点硬菜吧，牛排怎么样？”

九

早上6点半，苏佩丽手机的闹钟准时响了起来。片刻间，她不记得这是在哪里了。慢慢地，她才想起来这里是华安清水泊大酒店，想起昨晚的浪漫时刻。尽管喝了半瓶红酒，但是她仍然清醒，记得张军把她送回了房间。自从他从月球上回来在着陆场那里，他们有了第一次拥抱之后，佩丽实际上已经陷入了热恋前的思念，差的只是那层窗户纸没有捅破。昨天晚上的阴差阳错，又有那么浪漫的一次晚餐。在房间里，她记得他那热烈的拥抱和亲吻，对苏佩丽来说就像酒后的甜餐，来得必要和及时。但是，在缠绵和甜蜜之后，他们还是决定，等完成了这次重大政治任务，再公开他们的恋情，目前还是以完成任务为优先。因此，在半夜12点之前，张军便离开了酒店。这里到他的公寓很近，步行也只需要15分钟。

十

上午8点半，张军和苏佩丽来到国安部，李司长在办公室接待了他们。

“你们的来意我清楚，但是我只能告诉你们大概的方案。我们有办法让麦克自己离开，但是必须在我们的护送之下，同时不会对其他旅客带来什么特别的不便，也许他们仅仅会以为麦克生病了，需要人照顾而已。”李司长说道。

“这样啊，那我就比较放心了。”苏佩丽好像有一点儿明白了。

“但是，如果麦克目前在上面没有什么特别的、激烈的行为的话，我倒是觉得不用那么急。因为在清场时，我们总有最后一批下来的旅客，我们可以在那批旅客之后再带他下来。这样就更安全，而且这时在中转站已经没有新的旅客向上走了，因此在中转站也不会带来不必要的麻烦。”李司长建议道。

“这个倒是，我们目前不用那么急迫，因为下来后还有可能出现一些问题，比如麦克会抗议，如果搞不好，影响了安理会的行程，问题就更大了。”张军表示同意李司长的建议。

“也可以，我们这几个月需要密切监视他，稳住他。”苏佩丽说。

“同时也可以观察一下他想干什么，特别是如果能了解到他收到的信的内容，地面上是哪个组织在给他传递信息就更好了。”张军补充道。

“对，我们目前也在详细了解那个行星地球党的情况。我们上下配合，争取搞个水落石出。这样对整个活动的安保工作，就排除了一个重大隐患。还有，你们在观察他时，要特别注意麦克会不会提前执行什么任务。”李司长补充道。

“好的，这个很重要，我回去后马上安排。”苏佩丽开始觉得自己也进入了一种从来没有体验过的破案程序，有一点儿小兴奋的感觉。

“大家一定要注意保密！”李司长站起来和大家握手。

张军和苏佩丽带着任务走出了房间。

十一

阿鲁总统站在围海大堤上，面向大海瞭望，海浪一波又一波地冲击着大堤。

这个太平洋上只有几万人口的小岛国，在全球变暖、海平面上升的威胁下，国土面积越来越小，已经减少了接近50%，首都鲁阿兰已经低于海平面，政府不得不通过修建围堤的方式，保住首都。阿鲁在联合国已经连续两年提出进一步严格控制碳排放的提案，但是每次都被5个常任理事国中的美国投否决票否决。2067年在选举安理会非常任理事国的时候，这个岛国第一次被选进安理会，成为15个成员国之一。不久前得知中国邀请安理会到月球开会的消息后，阿鲁总统当即决定亲自出席，下决心这次一定要在安理会上通过一项关系人类命运，特别是自己国家的命运的进一步严格减排提案，尽快遏制住全球变暖和海平面上升。

想到这里，阿鲁快步走下大堤，卫兵打开车门，手扶门框，让总统上车。

车子向总统府开去，三辆全副武装的卫兵驾驶的摩托车用“品”字形护卫着总统座驾。

整个城市不大，也就是前后几条街，大部分被下面是店铺、上面是公寓的多层楼覆盖着，还有就是不远处海滩边上的那些度假酒店。街上的行人尽量地避让着总统座驾，投来敬畏的目光。一些外国游客看到后，赶紧拿出相机或手机拍下总统车队。不远处的机场，可以看到一架飞机正在降落。

总统府有一个穹顶，顶上飘扬着岛国的国旗。总统府这幢楼共有5层，几乎所有政府部门都在这里办公。

阿鲁下了车，快步走进大楼，来到一间不大的会议室。这里已经坐了不到10个人的内阁部长们。阿鲁进来后，大家站了起来齐声问候："早上好，总统先生！"

"坐下吧，我今天又去看了看我们的围堤，海浪在冲击堤坝时，就像在冲击我的心，冲击着我们国家的人民的心。今天我们就讨论一个问题，如何使得安理会能够通过这项严格减排的提案，保卫地球，更是保卫我们的国家。"阿鲁严肃地作了会议的开场白。

"首先，我们应该感谢中国做出这样一个划时代的安排，能邀请安理会到月球上去开会。我估计在安理会的15个成员国的参会代表中，只有极少数的几个人到过月球。我理解中国的意图，就是想让大家到月球上去看看地球，让大家更加热爱我们这个家园，保护好我们这个家园，从而促使安理会顺利通过这个提案。"说话的是副总统。

"从前几次讨论时的情况看，除了几个正在以能耗为动力、高速发展的国家不希望减排以外，主要反对的国家就是美国，他们使用了否决权。因为减排的主要任务在美国，他们是世界上人均能源消耗最大的国家，因此责任最重大，要远远大于其他国家。”经济部长发言道。

“是的，如果美国不使用否决权，即使那三四个国家反对，提案也会被通过的。因此，美国是反对力量的核心。”说话的是总统办公室秘书长艾克森，一个曾经的岛国武装力量的司令，尽管全部武装力量才200人，他只有一个上校军衔。艾克森是一个坚毅果敢的人，只见他古铜色的清瘦的脸庞上，透着军人的机智和刚强。3年前，他曾经在父亲的赞助下，参加了从美国出发的月球旅游团，到月球雨海旅店去过。

“你们知道，美国国内支持减排的民间力量也很强。我在美国读书时，就曾接触过大量环保人士，深受他们环保意识和环保理念的影响。他们对全球气候变化的趋势非常敏感，特别是那些具有科学背景的知识分子。”阿鲁总统说道。

“但是，目前执政的共和党代表了大部分富人的利益，那些富人不想改变自己的生活方式，享受着大房子、大汽车、常年的空调。我有一次去美国南方的一个城市开会，外面是37℃，而整个酒店和会议中心内的温度居然设置为18℃！我不得不一直穿着西服打着领带，甚至这样还觉得冷。这得耗费多少能源啊！我问会议中心的服务员为什么这么冷，他们说不冷，全年都是这个温度。”说这个话的是一位上了年纪的部长。

“是的，民主党稍好一点儿，但是自从共和党上台后，节能减排的事就基本上被束之高阁了。这次听说美国国务卿也会参加安理会，不知道中国能不能说服美国，至少不使用否决权。”总统说。

“我觉得很难。如果不使用否决权，提案通过的可能性就很大，但是一旦通过，美国就必须制定一系列的政策和措施，限制化石能源的使用。而他们从化石能源到清洁能源的过渡还没有完成，必然会影响很多人，特别是富人的生活方式，比如采用差距更大的阶梯电价等，这会使得共和党的支持率下降。”艾克森看来十分悲观。

“好吧，我看我们可以从两方面入手：第一，我联系我认识的美国民主党议员，让他们利用这次机会，事先做工作，推动白宫转变立场。至少不再次使用否决权，不然他们会失去大量中间选民的支持。第二，我们要联合中国，针对那几个投反对票的安理会成员国，引导他们尽快实施能源和经济发展转型，就像中国在三四十年前所做的。我们国家可以向他们提供旅游方面的咨询和赞助。如果除了美国以外的所有成员国都不反对，美国使用否决权的难度就会更大。”总统最后做出了决定。

“完全同意。”大家齐声说。

“那好，我们参加安理会的代表团，由我们常驻纽约联合国代表、总统办公室秘书长艾克森、我本人，再加上一个随行人员组成。让我们各自行动吧！散会。”

十二

艾克森三年前从月球回来后，参加了美国的行星地球党，他认为这个和他在岛国的职位没有什么矛盾。但是为了避免麻烦，他并没有向总统汇报过这件事。不久前在达拉斯举行的全党代表大会，他也参加了。现在听到总统安排他参加安理会会议，他暗自高兴，不但可以再次登上月球，也许还可以和爱德蒙主席提到的那个滞留在那里的党员麦克共同执行什么任务。

回到自己的办公室，他就给爱德蒙拨通了电话。

“是的，总统先生把我列入了名单，我将代表我们国家参加这次在月球举行的安理会。”

“真是个好消息，我们需要好好策划一下这次行动，里应外合，一定让美国在这个问题上转变立场。”电话那边传来爱德蒙的声音。

“我具体需要做什么？请给我进一步的指示。”艾克森问道。

“你目前仅需要确保总统的安排不要发生变化，确保你在那个名单里。我们这边做具体的方案，一旦方案确定，你的任务确定，再通知你。”爱德蒙抑制不住兴奋，但还是沉重冷静地下达了指示。

“好的，我这里低调行事，确保总统命令不发生变化。”

“好的，先到这里，再见！”

“再见！”

放下电话，艾克森向后靠在椅背上，心里盘算着如何才能确保这次任务成功。

机会难得啊！在月球上，面对美国国务卿，让他放弃使用否决权，投弃权票都可以，只要不使用否决权。可是如何才能确保做到呢？

从现在开始动员一切可以动员的力量游说白宫？行星地球党在美国的党部一定在安排了。爱德蒙认识的几个民主党议员也都会被动员起来。但是如果共和党和白宫仍然坚持他们原来的观点和思路，不改变决策呢？显然，只做这点儿工作还不够。

晚上他回到家里，这个问题一直在他脑子里打转，但仍然没有想出一个好的、可行的方案来。

十三

美国，行星地球党总部。自从接到艾克森的电话后，爱德蒙就开始组织人员研究对策，看看如何利用艾克森参会的契机，特别是还有麦克的帮忙，能够做些什么。

“除了在他们开会之前的这几个月，尽最大努力说服民主党加强攻势，和从共和党内部做白宫的工作以外，没有什么办法可想，只能是听天由命了。”一名曾经任过党主席的资深老党员有一点沮丧地说。

“如果在这半年里，美国或世界上其他地方遇到一次重大的自然灾害，是由全球变暖引起的，比如一个超强飓风袭击纽约，冲垮围堤，使得纽约城到处进水被淹，将会对说服共和党推动节能减排发挥重要作用。”另一名党员说道。

爱德蒙无奈地看着他们，一句话也说不出来。他的脑子里浮现出，在洪水中，他的父亲把他和妈妈推出院门，又蹚着水走回家那个终生难忘的场景，那是他最后一次看见父亲。为此，他沉思了片刻。忽然，他又想起了去年发生在印度洋的那次大灾害，从电视中他看到那些在洪水中奔走的人群，他的父亲仿佛和那些人走在一起。

“是的，不管是美国受损失，还是其他国家受损失，我们都可以把去年在印度洋上发生的风暴带来的灾害作为例子，在安理会开会之前组织民众游行，呼吁和宣传我们的主张。当然，如果真的发生了大风暴，我们组织的群众游行就会发挥更好的动员作用，给白宫施加压力，迫使他们接受我们的提案。”爱德蒙向大家说道。

“对的，我们主动作为，总是可以发挥积极作用的。”大家一致同意这个观点。

“至于艾克森和麦克在会议期间的行动方案，我再仔细考虑考虑，并直接给他们下指示吧。”爱德蒙若有所思地说。

大家理解这个行动方案应该严格保密，也就没有再问什么。

第四章　特殊行动

一

围绕到月球去召开安理会上半年的定期会议，自中国提出邀请之后，各安理会成员国的常驻联合国代表纷纷开始交叉的外交活动，讨论会议需要解决的重大议题。经过几个月的酝酿，议题逐渐清晰，主要是两个：一个是以美国为首提出的，推动基于大数据的人工智能政府管理体制，也称为无政府管理运动；另一个就是以中国为首提出的，进一步加强节能减排的国际公约，已经被提前赋予了一个名字——月球公约。显然，美国是希望利用无政府管理的提案，重回国际领袖的地位。因为这个“无政府管理”的政府管理模型和软件系统，充斥了美国和西方的价值观与价值体系，其他国家如果实施这套软件系统，不但需要美国生产的大型的量子计算机系统平台和已有的数据库，还不得不接受已植入其价值观和价值体系的管理模型。此外，这个问题并不能解决目前世界范围内的安全冲突。而中国提出的月球公约，主要是从保护行星地球和减缓气候变化来考虑的，是紧迫的全球安全问题，目标是挽救地球和挽救人类，因而得到了大多数国家的支持。少数国家因为其产业结构问题，不希望这样严格的减排措施，但是中国对这些国家也提出了适度的过渡方案，并没有“一刀切”。

此外，联合国和平利用外空委员会也接到了中国国家航天局提交的一个月球可持续发展和利用方面的议题，希望上升到安理会层面讨论决议。因为这次安理会就在月球上召开，因此，这也还算是一个合适的议题。联合国和平利用外空委员会经过讨论，认为内容紧迫和必要，同意提交安理会。

二

一眨眼已到四月，华安、北京相继进入了春暖花开的季节。虽然苏佩丽和张军的关系并没有公开，但是月球旅游公司总部和航天局机关内部大家都已经心照不宣了。他们两个人非常谨慎，重大任务在身，谁也不敢轻松怠慢，只是在周末休息时，才悄悄地凑时间待在一起，而且大多数时候还是在谈工作。

这一天是星期日，因为周一要在北京参加一个重要会议，张军提前一天就来到了北京。他和苏佩丽约好了到颐和园划船。

这种手划桨的小船在北京的各大公园已经基本绝迹，只有颐和园昆明湖上保留了这个项目。由于刚刚开春不久，来租船的人并不多，他们一到就租到了一条小船。张军身着一件飞行员常穿的、带有栽绒领子的黑色皮夹克，先跳到船上，然后伸出一只手给佩丽。苏佩丽穿着一件紫色的风衣，围着一条淡绿色的围巾，她握住张军的手，也轻松地跳入小船，放下一个装有零食和饮料的小包，面对着张军，坐在了船尾的座位上。

张军背对着船的行进方向，熟练地划着双桨，小船很快平稳地离开了码头，向昆明湖的中心驶去。

“维也纳的外空委会议上，大家对你们提出的《月球可持续发展和利用公约》进行了充分的讨论。没有出现任何反对的声音，只是补充了一些内容，说明你们起草工作做得很扎实。刚刚从外空委得到了消息，秘书处已经同意将其列为安理会的一个议题了。”张军一边划桨一边说。

“你看你，出来散散心，也还是谈工作。”苏佩丽靠在船尾的座位靠背上，看着张军，享受着春日上午的阳光，有一搭没一搭地说着。

这几个月来，苏佩丽安排了一个可靠的、名叫阿勇的员工，在月球上严密监视麦克的一举一动，并直接向张军报告。而苏佩丽则将主要精力放在了组织人起草一个可以维持月面旅游业可持续发展的文件，并在该文件完稿后，将其提交给了航天局。航天局组织国内航天、法律和外交等方面的专家，又进行了几次评审和修改，于2月提交给了位于奥地利维也纳的联合国和平利用外空委员会。现在看来，作为这次安理会的一个议题，问题不大了。

“可惜的是，李司长他们的行动需要在安理会通过这个提案之前。但愿一切顺利，不要出什么意外。”苏佩丽还是对这个行动有点儿担心。

“是的，我们需要配合好他们的行动。大概就在几周后吧。从目前的情况看，这个麦克好像并没有什么特别的行动。”张军这时已经将船划到了石舫附近。昆明湖的水面平静得像一面镜子，倒映着万寿山。山上的树木都已经开始泛绿，湖岸上的很多玉兰花竞相怒放，洁白又美丽。

突然，张军的手机响了起来。

“好的，知道了！你争取了解到信的内容是什么？同时密切关注他的行为动向。”放下电话，张军对佩丽说，“说曹操，曹操到。刚接到报告，又有一名旅客向麦克传递了信件。”

“是吗？我们的行动需要提前实施吗？”苏佩丽焦急地问道。

“不一定，需要进一步了解情况再说。但是我需要向李司长报告一下。”

两人的心情受到了一定的干扰，他们在石舫附近的码头还了船，沿着西堤走到南门，决定放弃游园，先回去工作。

三

月球雨海旅店，几名工作人员在主通道中行走，他们的步伐与在地球上行走不同，有点儿像竞走运动员，明显步伐大、速度快。这是长期在月面低重力环境下形成的行走方式。

麦克身着从工作人员那里要来的围裙，正在餐厅擦着桌子。自从上次收到组织带给他的第一封信后，他的精神状态明显不同了，尽管那封信里什么都没写，只是交代他后续有进一步的任务安排。但是仅仅这几句话，就足以让他感到自己肩负了使命。尽管他并不知道在未来几个月里，这里将发生什么，直到昨天他收到了第二封信。

在这封信里，他得知联合国安理会将在这里举行会议，会期就在5月下旬。行星地球党只是指示他保护好自己，到时接受安理会代表团中一个党员的指示，这个党员将主动和他联系。就此一点儿信息，便足以让他欣喜若狂。他盼望着这一天早一点儿到来，好完成组织交给他的第一个任务。那一定是一个重要任务。他感到他滞留在这里真是做对了，所以无论如何也不能听这里人的劝告，返回地球。

慢慢地，他也了解到了这里的一些工作程序和生活规律。

二十多个工作人员分三班倒。每个岗位有一个承担责任的一岗，就是那个当班的人；还有一个不当班的，处于休息时间的副岗。只有需要时，这个副岗才参与工作。

每个人都有两个职责，比如某人既是电力室的值班人员（只需关注仪器仪表数据，基本不需要操作），同时又是餐厅的厨师或服务员。

由于全球各地来的游客时区不同，全天24小时都有游客在旅店活动，参加各种体验项目。其中，最复杂的就是月面室外活动。几乎是每两小时一组，全天不断。旅店的所有员工基本上都可以领队室外活动。餐厅几乎是24小时运行，除非来自中国的游客占了大多数，届时可能按照北京时间用餐的人会多一些。这种情况也经常发生，餐厅最多时可以容纳100人，届时大部分值班的工作人员都会到餐厅帮忙。

还有一个通道，麦克是不能够进入的，需要刷特殊的门卡。进出那里的人不是游客，而是科学家和工程师。麦克猜想那里是一个研究机构。他曾经问过一个工作人员，那里是什么机构，但是并没有得到明确的回答。他感觉那里很神秘。

再有就是出去室外的那个气闸室，没有特殊的门卡也是打不开的。也就是说，如果想到室外去，必须经过特殊的批准。游客每批人数都是固定的，不可能随便多加入一个人。因此，麦克除了刚上来时，参加过自己那个团的室外活动外，半年多来从来没有机会到室外去活动。

他也知道在地下室有一个避难所的入口，但是没有进去过。大约两个月前的一个月日期间，进行过一次避难演习，但是他没有被容许参加那次演习。只是看到有几个参加演习的工作人员，进入了避难室，并在那里停留了一段时间。

这半年多来，麦克最喜欢的还是月夜。月夜期间，窗外月面的景色比较温和，不是那么耀眼，地球的景象也比较好看，可以看到大半个地球，甚至有两天能看到完整的地球。而在月日期间，能源充足，所有设备都可以开足“马力”，不用处处小心、节省能源，窗外的月面则光线很强，反差强烈。

月日期间，也有几天可以观测漂亮的地球夜景。麦克曾被邀请进入旅客房间，用望远镜观看地球。在望远镜里看到的地球，很有意思，经常可以看到闪电。如果大城市转过来，还可以看到城市的灯光。

旅店的主要通道是南北走向的，沿通道两侧是客房通道，每个客房通道有10～12间客房。通常旅店将两组时区相同的客人安排在一个通道内，将通道门关闭，就可以避免其他不同时区的旅客对他们产生干扰。研究所在主通道的最北面，通往发射区的大门和接待台在通道的最南面，餐厅也在主通道最南面向东的一个独立通道中。餐厅有向南的落地窗。麦克通常就是在那里看着地球发呆。地球就在那里，一动不动，时而上弦，时而全圆，时而下弦，时而全暗。

在没什么事儿干的时候，麦克就坐在餐厅里，看着地球在思考。在上来之前，他对这一切都是那么地向往。他听行星地球党的很多党员说过，当你在月球上看地球时，你会感到你的责任心一下子变强了，总感觉自己必须为地球做点儿什么。但是麦克的这种感觉不强。这也是他为什么一定要留下来的原因之一。他觉得他自己和其他党员的差距太大了。他只是对地球上那些浪费资源的人、那些浪费资源的现象恨之入骨，但是他对地球的爱，并没有其他人那么深。来到这里以后，他慢慢体会到，在那里，也就是地球上，一定要有你爱的人，而不是你恨的人。如果那里有你爱的人，你的体验会不一样的。因为，距离那么远啊，地球是一个星球。对！毫无疑问，是一个星球！你看

在那里，也就是地球上，一定要有你爱的人，而不是你恨的人。如果那里有你爱的人，你的体验会不一样的。

她在那里转呢！在太阳的照耀下，你看看她上面的海洋的蓝色是那么晶莹透亮，你看看她上面的白云是那么纯净。生活在上面的人类中，就有你爱的人。尽管距离那么远，你们还是分不开的，你对她的爱、你们相互之间的爱就充满了这星际的空间。想到这些，麦克才感到自己和行星地球党的其他党员，特别是党主席，那个介绍他入党的爱德蒙，开始逐渐接近了。

在餐厅的另一侧，就是会议室和各种机房，还有几个小办公室。

旅店工作人员的宿舍在餐厅通道向东的尽头，也就是厨房的后面。两个人一个房间，同旅店客房一样，都有独立的卫生间。旅店的总负责人是一个姓张的中年人，他对麦克很严厉，总是说："你应该回去，回去了我们再算账！"或者说："我们总会把你送回去的。"一旦说到这个时，麦克心里就发毛，不知道张会不会真的采取强硬手段。所以，每次见到张，麦克都绕道走，或者低下头来，尽量避开他的视线。

后来，麦克认识了一个名叫阿勇的职工。他是在麦克滞留之后才到旅店值班的，是第一次上来，因此对什么事情都比较新鲜，甚至还请教过麦克。显然开始时，他把麦克当作了旅店的外籍员工。后来听说了麦克的情况后，虽然态度有些变化，但是终归对他还是比较友好的。

这半年多来，麦克一直席地住在职工宿舍区楼道拐角处，但是他可以到阿勇他们的宿舍去洗澡，这个也得到了旅店总负责人的默许。

旅店里还有6个兼职保安身份的工作人员，他们值班时身着保安制服，在必要时帮助维持秩序。比如在旅客刚到时，帮助引导一下道路；在餐厅人多时，帮助维持一下秩序。麦克只遇见过两次这些保安不得不介入纠纷的情形——一次是两个中国人在餐厅发生了争吵，甚至推推搡搡。保安到达后，马上将他们两个分开，并拿出旅客都签署过的管理规定，告诫他们，必须按规定对他们进行罚款，这才制止了冲突。还有一次是一个游客在房间里自己跳高、翻跟头，把头碰破了，按了报警灯后，保安进去帮助他止血，并把他送到医生那里包扎，止血。旅店里的那个女医生一般没什么事儿干。她全部时间，也就是24小时，都必须待命值班，同时兼顾室外导游的工作，有时候也到餐厅来帮帮忙。与其说她是为游客服务的，还不如说是为职工服务的。因为，游客须经过体检才上来，就停留2～3天，一般不会生病，但是职工每次上来，都要待3个月到半年，发烧感冒的，倒是时有发生。

旅店有对地的激光通信系统，但是其信道带宽是有限的，优先权要让给旅客们。职工只能有通话的权利，视频必须事先申请。此外，对地球上面正在发生的大事儿，旅店有一个中英文的文字新闻显示屏，就在餐厅中，反复播放当天的重大新闻，并不断更新。这里看不了电视，也看不了电影。职工们的娱乐，主要是靠从地面上带上来的数字记录媒介，尽管也不是太过时，但是选择有限，因此大家往往是一个好的电影可以反复地看很多遍。

麦克是滞留人员，根本没有权利使用通信设备，他只能在餐厅中看到文字的新闻。因为是中英文的，他可以看懂其中英文的部分。

四

此时，麦克一边擦着餐厅的桌子，一边回忆着昨天接到第二封信的情况。那个给他信的人在餐厅见到他，就问："你是不是叫麦克，你的父亲叫什么名字？"联想到上次收到信时的情形，麦克马上感到这个可能又是组织上有信来，因此马上做出了回答。那个人就说：“这是你家里给你的信。”从口袋里拿出那封信给了麦克。

“谢谢你！”麦克不动声色地说了谢谢，然后迫不及待地走出餐厅，回到他的地铺那里，才把信打开。

亲爱的麦克，

我们有一个好消息。就是在大约一个月后，联合国安理会将在月球旅店召开一次会议。我们计划推动其通过一个重要的、有史以来最严格的，人类活动产生的二氧化碳排放控制决议。为了确保这个决议能够通过，我们需要你的帮助。有一个参加会议的代表将和你直接联系。他也是我们党的一个同志。所以请你按照他的指示行事。预祝行动成功，同时保护好你自己。

真诚的，爱德蒙

看完信，麦克已经激动不已。推动联合国通过一个严格减排的决议，是组织奋斗多年的目标。这次他们到月球来开会，真是机会难得。相信我们一定能够成功！

麦克恨不得这一天早日到来。

五

会期临近，旅店里的客人开始逐渐减少。

麦克已经感觉到了一些奇怪的气氛，工作人员中没有人向他说明情况。当然，他自己知道会期已经临近了，安全工作将逐渐变得严格，可是旅店公司会将整个旅店清空吗？

这天，他正好和阿勇在一起吃饭，就有一搭没一搭地问道："旅店为什么客人越来越少了？"

"好像是有一个大客户，预订了旅店全部房间。估计他们来了，旅店就会再度客满了。"看样子，阿勇并不知晓具体情况，他也并没有觉得有什么奇怪之处。

麦克相信阿勇并不知道安理会的事情，因为安全工作要求不向阿勇这个层面的工作人员传达具体是什么大客户。这从另一个侧面说明，安全级别很高。但是他接到信的那天，阿勇确实问过他，是谁的信。他谎称是家信，就给糊弄过去了。

就在旅客逐渐减少的时候，这天旅店增加了两名新员工，他们被安排到餐厅工作。大型会议将近，餐厅工作繁忙，增加人手也是正常的。为此，麦克也没有多心。

吃饭时，这两个人坐到了麦克旁边，都说着一口流利的英语。

“你好！我姓李，你是不是麦克？”姓李的那个人自我介绍道。

“你好！我姓张。”姓张的那个人主动向麦克伸出了手。

“你们好！”麦克答道。

“你就是那个坚持不回地球的外国旅客吧？我们上来之前就听说了。”那个姓李的接着说。

“是的，我有我的理由，我在这里做义工，并不妨碍谁。”麦克有一点戒备地答道。

“这是你的想法。如果你想在这里工作，可以像我们一样，在地球上提出申请，然后经过考核。我们是从几千个报名者中间获得录用的，而你则采取了不正当的手段。”那个姓李的人半开玩笑地说。

“你们只招聘中国人，我不是中国人，如何能被录取呢？”麦克也有自己的道理。

“不是的，招聘是对全球开放的，我们这一批就有俄罗斯人，还有美国人，不过他们都会讲一定程度的中文。你会吗？”那个姓李的继续说。

“我不会，但是我可以学。”麦克有些理亏，声音低了一些。

“我们教你吧。”

“好啊！”

第二天早餐时，麦克又见到了那两个新员工，就主动坐到了他们旁边。

“早！”麦克坐下来，主动打招呼，然后喝了一口水。水瓶子就在桌子上，每天麦克都是这样，将水倒入自己的杯子里。

“早！今天就是第一课吧，我们从自我介绍开始。”其中一个说道。

“比如，你可以说：‘我叫麦克，你呢？’”另一人说道。

“我叫麦克……”麦克试图重复这句话，但是不知道为什么舌头有一点儿笨。

“我叫麦克……”后面还是没说出来。

“我……”刚说到这里，两个人一起站了起来，将麦克搀扶着，试图向餐厅外面走。

麦克想等一下，但是好像也没有力量反抗，只能跟着他们向外面走。

迷糊之中，三个人好像来到了医务室。女医生解开麦克的衬衣，用听诊器听了一下麦克的心脏，然后说了一句中文，麦克听不懂。另外两个人就对麦克说，我们需要带你去医院。

麦克想说不，但是怎么也说不出来，想反抗也没有力气。就这样他们三个人一直走向了旅店前台。麦克想叫前台的服务员帮助他，但是经过前台时，前台居然没有服务员在值班。这个太奇怪了，以前从来没有过，麦克想。

他们经过通道，向发射区走去。在发射区更衣室，另一个工作人员帮助麦克穿上了航天服。麦克想拉拉他的手，表示自己需要帮忙，但是没有什么力气，那个人也没有意识到异常，反而他们三个人倒是一直在说话。

接着当然就是进入月球载人往返飞船。麦克眼看着飞船起飞，没有力气说话，也没有力气从安全带中挣脱出来。

接着就是月球轨道中转站。奇怪，这里没有见到任何其他旅客，只有他们几个人。很快，他们进入到地月往返飞船，两名飞行员帮助他们三个人入座。接着飞船就和中转站分离，向地球飞去。

在途中，麦克被指导着吃了一顿饭。他努力不喝任何饮料，可是这个也没有什么用，他只觉得困得很，最后还是进入了梦乡。

在梦里，他梦见他见到了党派来的接头人。那是一个来自中亚的安理会代表，他首先给麦克戴上了一枚勋章，表彰麦克的勇敢行为，然后带领麦克进行了宣誓。麦克记得誓词里有一句是“坚决完成任务”。

然后那个代表交给他一把手枪，让他对着美国国务卿开枪。他接过手枪，把它插进裤兜，就走进了会场。

安理会的会场宽大，大厅很高，大家围坐在圆形的会议桌后面。麦克艰难地走进去，但是并没有人拦着他。他艰难地移动着步子，分辨着哪个是美国国务卿。但是左看右看，都认不出来，好像长得都一样。他觉得时间来不及了，赶紧注意看桌牌，终于他看到了标注着“United States”的牌子。好的，那一定就是美国国务卿了，他艰难地从裤兜里拔出手枪，走到美国国务卿身后，把枪对准其后背。但是，他无论如何也扣不动扳机，反复用了几次力，

但是，他无论如何也扣不动扳机。

都扣不动，手指软软的。这时来了很多人，把他抱了起来，把枪从他手里夺走了。同时他听到有人喊："到了，到了！"他睁开眼，才发现刚才是一场梦。

那个姓李的和那个姓张的，这时正在把他从梦中唤醒，告诉他到了。

飞船这时已经和地球轨道中转站对接好了，他们需要进入中转站。麦克被解开了安全带，抱起来，然后就飘着被两个人推进了中转站。

同月球轨道中转站一样，这里只有工作人员和他们三个人。麦克仍然觉得自己像是在梦中，他再次想喊，但是喊不出来。他用眼睛死死地盯着中转站里的工作人员，但是他们好像也不理会他的表情，只是说说笑笑，还有一个人拍了拍麦克的肩膀。

就这样，麦克又被推进了另一侧的气闸舱，穿上航天服，然后进入了天地往返飞船。

他迷迷糊糊地听到了剧烈的响声和震动声，然后就重重地陷在了座椅里面。

又过了好一会儿，舱门打开。他被拉出返回舱，用椅子抬着，进了一辆面包车。

六

苏佩丽办公室桌子上的电话响了起来。

“是我，好的，我已经听说了，一切顺利，没想到李司长他们这么能干！”苏佩丽接起了张军的电话。

“我们上面的职工搞了一个小型庆祝会，他们简直高兴死了！”她继续对着电话说道。

“中转站的人报告说，路上一切顺利，他们说这个外国病人看上去很好、很温顺，不像是有什么大问题的病人。哈哈哈！现在他在哪里？你们如何处理啊？”

“国安部门协商外交部，正在研究下一步如何处理，你放心吧。”电话里的张军说道。

“但是他们想暂时保密一段时间，待安理会结束后再考虑遣返他。因此，请你们知道此事的员工一定注意保密。”电话里张军继续道。

“好的，一定！你们这次帮我们解决了大问题，我该如何感谢你们啊？！”苏佩丽笑着说。

“我们找时间请李司长他们吃饭吧！”电话那边说道。

“这个是一定的，你来安排吧！”苏佩丽欣然答应着。

“等这次任务圆满完成之后吧！”张军说。

“还有一件事，需要我们注意。”张军继续说，语气变得有些凝重。

“什么事？”苏佩丽有些诧异地问。

“阿勇在清理麦克的东西时，发现了那封信，就是他收到的第二封信。”

“是吗？什么内容？”苏佩丽迫不及待地想知道那封信的内容。

“很明显，麦克是‘行星地球党’的党员，另外，在这次参加安理会的会议代表中，也可能会有一个他们的党员。这个人会和麦克联系，共同执行什么任务。这个任务我们还不得而知。这个情况我也告诉李司长他们了。因此，麦克下来的事，还需要保密一段时间，到会议结束。”张军说。

“明白了，我再叮嘱一下大家！”苏佩丽也觉得事情比较严重。

两人不约而同地，到此都放下了电话。

第五章　飓　风

一

在月球研究所的办公室里，邹所长和两名研究人员正盯着计算机屏幕在分析数据。他们将几个频段的数据汇总，并把它们的图像叠加在一起，可以隐隐约约地看到一个云系正在大西洋北部上空形成。然后，他们将这个云系放到全球水循环和大气数字模型中，就可以看到其未来半个月的演化情况，预计这个云系将从目前的中美洲东部向西北方向移动，并且强度会逐渐增加。

“这个云系非常特殊，以前从来没有过。第一，它在5月份就出现，比去年又提前了十几天。不过，这同近年来全球升温的趋势还是吻合的，北半球的夏季逐渐提前。”邹所长说。

“第二，它的底层，你们看微波水汽通道的图像，”说到这里，他把微波频段的图像单独调了出来，“它的影响面积很大，直径超过1000千米。这预示着会有更多的水汽被卷入其中，如果大气中温度和能量足够的话。”邹所长继续说着。

“第三，从微波温度通道的图像看，”他又把另一幅图像凸显了出来，“这个区域的温度明显高于周边，且中心部位的高温区已经达到15千米高了。这表明为了补偿它造成的低气压，周边的大气会向这里迅速补充，并在地球纬度的影响下旋转起来。这也就是刚刚模型演化出的结果。关键在于它的体量太大了。”邹所长最后做出结论。

“这个形势好像和去年在印度洋上的那次大风暴有些相似。”说话的是另一名研究人员郭亮，他是邹所长的得力助手。

“把那次风暴初始阶段的数据调出来看看。”邹所长马上说。

很快，他们调出了去年那次印度洋大风暴的数据。那次风暴是人类历史上损失最惨重的一次，风暴危害范围超过2000千米，中心风速超过12级，达到100米/秒，使得印度洋周边的国家遭受很大损失。印度洋沿岸地区有500万人失去家园，10万人死亡。马尔代夫在灾害期间有30%的国土被淹没，引发了人口大逃亡，部分人员又在逃亡时遇到海难，导致1000多人丧生。

从数据来看，这两次风暴的初始阶段非常接近，都有大范围的水汽被带动到风暴中，形成剧烈的降水，中心温度都比通常的风暴要高出2～3℃。

但是，上次风暴的另一个特征是，在风暴开始后，还不断地有能量输入，就是来自非洲大陆的热量的东移，不断对非洲东海岸以东的海面加温，使大量的水汽进入大气并向风暴边缘输运。这一点可以从月球研究所的临边多普勒探测仪观测到。这个仪器也是月球研究所新安装的，它可以三维测量大气运动的方向，对全球水循环的研究非常重要。

邹所长马上调出了最近5小时地球西侧的临边多普勒数据。他惊讶地发现，这个数据和去年印度洋上形成大风暴之前的数据非常相似，有大量的水汽正在不断地向风暴地区输运。

“我们需要向院里报告，并通过他们通知中国气象局，由气象局发布预报。”邹所长说道。

二

中国气象局卫星气象中心会商室里，工作人员也在紧张地工作着。

“王主任，刚刚中科院转来他们月球研究所的观测数据，认为大西洋上的第一号飓风正在形成，并可能成为历史上最大的风暴之一。”一名工作人员向中心主任报告。

“好的，我们也正在密切关注。请他们将三维原始数据也传来，我们通过计算机分析一下演化的情况。”王主任来到位于西经60度的同步轨道风云卫星云图的大屏幕前。从屏幕上的可见光图像来看，在大西洋赤道以北，白云点点，好像还形不成旋涡。

“请把微波探测仪的数据调出来。”王主任说。

这时大屏幕上显示出微波探测仪的图像，确实，在很大的一个区域上，水汽浓度都明显偏高。西面可以到中美洲上空，东面甚至延伸到了非洲西海岸，南北方向尺度相仿。

“请把微波探测仪的数据调出来。”

“从现在的形势看，这些水汽形成风暴的基本条件还是具备的，只是还缺少动力。”王主任自言自语地说。

“三维数据拿到了。”工作人员报告。

“马上放到计算机上进行演化计算。”

……

三

行星地球党总部，爱德蒙正在召开紧急会议，与几名核心骨干分析天气形势，并商讨应对措施。

“最近的天气形势就如同我们估计的那样。飓风真的来了，比去年又提前了半个月，估计会在安理会会议之前袭击美国东海岸。”爱德蒙向大家宣布。

“这个消息准确吗？我刚刚还在美国国家海洋大气局（NOAA）的网站上看了，并没有发出飓风的预报啊。”一个党员问道。

“我也是昨天半夜才在中国气象局的网站上看到的。他们公布说今年第一号飓风已经在大西洋上空形成，预计未来10天内将在美国东海岸登陆，并且预计这次风暴的级别很高。估计NOAA的预报也就在这一两天了。”爱德蒙继续向大家通报他得到的信息。

“那我们尽快通知民主党的主要议员开始行动吧，把我们的议案再次提交白宫，让他们提交安理会。”另一名成员急迫地说。

“是的，如果白宫同意提交，就表明他们至少不会使用否决权，再加上艾克森在会上所做的工作，我们就基本上大功告成了。”爱德蒙说道。

“你们看，NOAA的预报也发布了。”一名成员一边看着手机，一边大声说道。

爱德蒙马上走到电视机边，打开电视，屏幕上一名天气预报员正在播报。

“一个气团正在大西洋上空形成，它会在近期向西北方向移动。从目前数据分析，它登陆的地区会在弗吉尼亚到纽约这一带，风力可达80米/秒，并将带来大量降雨。纽约市的防波堤将受到威胁。地势较低的居民，根据临近预报有可能需要到安全地点避险。”

爱德蒙又换到另一个电视台，同样也在播报相关信息。“第一号飓风风力强大，需要做好防范准备。”还有电视台在播放去年那次印度洋大风暴的纪录片。巨大的海浪，伴随着狂风，冲击着海岸，大树连根拔起，广告牌被吹飞，海水倒灌进港口，越过堤坝，淹没了大片的公寓住宅区。

“我们分头行动，我马上联系我们得州的民主党议员，加快进程。大家也都联系各自的联系人，马上启动做大众的工作，组织游行。”爱德蒙做出了布置。

“但是，我们还要想到那个，我们以前考虑过的，最坏的情况，就是如果白宫坚持不接受，飓风的到来也没有影响到他们的决策，特别是飓风可能移动得慢了，在安理会开会期间，还在大西洋上空徘徊，我们怎么办呢？”一个年轻的党员问大家。

“那我们就只能靠艾克森，让他说服他们总统，现场影响美国的决策，比如通过太平洋海面上升，岛国即将被淹没，感动和说服与会的大多数人！给美国国务卿造成压力，迫使他请示白宫同意不使用否决权。”一名资深的党主席说道。

“好的，我来通知艾克森。地面上的各种游说工作也马上开始推进。”爱德蒙做了会议总结。

四

月球研究所上报了情况之后，研究人员并没有闲着，他们继续监测着天气形势的发展。从临边毫米波多普勒观测数据来看，中美洲上空的气温比平时高出2～3℃，大量蒸发的水汽上升到5000～7000米的高度后正在向东输运，而且强度在加强。从昨天到今天，经过24小时后，气旋的中心已经非常明显了，可见光图像也可以看得非常清晰，尽管面积还不是很大。正如研究人员预估的那样，中心的位置开始向西北方向移动，那里的低气压槽正好成为吸引气旋向那里移动的“向导”。

邹所长正在对国务院要求的、专门为安理会准备的报告，做最后的修改。这个例子正好可以放进去，既有代表性，又有时效性。

多年来，这个研究所的科学目标就定位在建立全球水循环和大气循环的数学物理模型上。理论工作在地面上做，观测工作在月球上做。从这些年的观测来看，微波、毫米波的成像观测仪器对建立模型的贡献最大。首先，微波、毫米波频段的波长较长，可以穿透地球上空的云层，看到云的内部，甚至能看到地面。比如L波段的微波，可以对地表下面土壤中的含水量进行测量。借用月球平台观测的独特视角，全球的土壤水分数据每24小时就可以更新一次。尽管月球距离地球比同步轨道远，在地面上的分辨率只有300千米，但是用于建立全球水循环模型、反映总体趋势，还是足够了。这个设备的天线阵是一个东西200米、南北300米直径的椭圆环。但如果把它投影在观测地球的方向上，就是一个圆环。在这个椭圆环上，有300个L波段、直径3米的网状抛物面天线指向地球。这些天线的指向无须跟踪和旋转，因为地球的相对位置没有变化。这样的设备在36 000千米高的同步轨道上很难实施，但是放到月球表面，就比较容易，包括维修和运行。再比如，Ka波段的微波，非常适合观测降水（也就是大气中的水滴）。24小时一次的图像更新，再加上L波段的土壤水分的测量，就可以判断到底有多少水在大气中，多少水降到了地表。还可以用毫米波对大气中的温度和水汽进行三维观测。这些数据确保了对全球水的输运和循环进行精确跟踪和观测，是建立全球水循环模型的重要依据。

特别是最近增加了临边观测仪，就是用毫米波观测地

高和工业化之前相比将超过1米。这些都会带来深刻的社会经济影响，对全球安全方面影响深远。比如热带地区、经济不发达地区，因为夏季温度升高，变得越来越不适合人类生存，人们寿命缩短，死亡率增加。而高纬度寒冷地区，将会变得适合粮食生长和人类生存。但是各国领土范围的确定是在数百年，甚至上千年前气候寒冷的时候确定的。因此，将会出现很多国家人口多、不适于生存，少部分国家人口少、领土大且适于生存却无力耕种的状况。这必然会引发移民潮，使国家之间产生争端，甚至出现领土重新划分的要求，进而引发战争。

邹所长一边修改报告，一边继续监视着观测数据。就在这半小时里，飓风的中心又向西北方向移动了50千米，与预测的方向完全一致。他决定将报告中与此相关的部分留到最后写，用最新的数据。

五

一个阳光明媚的春日，纽约市中心公园里人来人往，有遛狗的，也有看书的、游玩的。在一个拐角处，有个人在演讲，他就是爱德蒙后来发展的，给麦克传送第一封信件的那个党员保罗。

“亲爱的市民朋友，你们好！我很荣幸能够站在这里向你们说几句话。”他停了一下，等着正向他这里聚集的人们。

“市民朋友，女士们，先生们！我们正在享受这春日的阳光，但是这个阳光不会持续太久，它将被风暴摧毁——一个巨大的风暴正在向纽约逼近。”

“那个天气预报准不准？他们总是说得很严重，最后又都没有在我们这里登陆，害得我们瞎折腾。”人群中有人在发牢骚。

“是的，也许他们这次又报错了。但是，如果我们看看全球，去年在印度洋上的大风暴，导致10万余人死亡，几百万人无家可归。还有前年、大前年，每一年都有意想不到的灾害。我们的海平面已经上升了0.7米，许多岛国将在几十年后沉入海底，不复存在。我们的星球正在经历一场人为的大灾难。”演讲人继续说。

“你们知道这一切都是因为什么吗？”看到大家有的点头，有的摇头，他继续说道。

“都是因为全球的气温正在逐渐地变暖。相比一个世纪以前，全球的平均温度已经升高了1.7℃。而这都是因为人类活动带来的影响，我们燃烧煤炭、石油、天然气，这些化石能源在燃烧之后排放的二氧化碳滞留在大气中，阻碍了热量的扩散，形成了温室效应。”

“我使用的是电动汽车，属于清洁能源。”一个听众插话道。

“啊，那很好，可以减少空气污染。但是你知道你车里的电是从哪里来的吗？也许还是燃烧化石能源产生的。如果你有机会到月球上去看看，特别是在夜间看看地球，会发现地球上到处都是灯光，有些城市的灯光是整夜不熄的，它们消耗了多少能源？！”保罗继续道。

“你去过月球吗？”一个听众不相信地问道。

“我几个月前刚刚去过那里。我去的时候正好是月日，看到了地球在夜间的情景。凡是有人居住的地方，都有灯光。那些发达国家的城市，灯光都是整夜开着的，无论是大城市还是小城市。”回答完这个问题，保罗看到这名听众脸上露出相信的表情，就又回到了主题上。

“我们每个人都想一下，自己的日常生活中有没有耗费不必要的能源呢？比如，你一个人开一辆很大的汽车；比如，你们家也许只有3口人，或者4口人，却住了一幢大房子，并且里面的空调长年不断电。再比如，你们的冰箱里，放了一年也吃不完的食物，最后大部分都扔掉了。这些都是不应该使用的能源，都在大气中排放了不必要的二氧化碳。全球变暖有我们这里每一个人的'贡献'啊！"说到这里，听众中所有人都沉默了，没有人再争辩。

"但是，我们的政府却两次在安理会会议上使用否决权，将更严格的节能减排提案给否决了。你们说这对吗？"保罗发挥着他的号召力，在提出最后这个问题时，明显提高了声调。

"不对！"人群中绝大部分都发出了声音。

"最近我们行星地球党和民主党一起，向政府提出了请求，希望他们主动响应联合国的节能减排运动，主动出台政策，从美国做起，用更健康和可持续的生活方式，保护我们的行星地球。为此，我们今天申请了游行，就从这里走到时代广场，请愿意参加的人同我们一起来，为了我们的子孙后代，呼吁政府行动起来！"说完，保罗从他站着的长椅子上面跳下来，从背包里拿出一条横幅，上面写着：保护行星地球，拥护和支持节能减排。

大约50人的队伍在他的带领下，向着时代广场方向出发了。在行走的过程中，不断地有人加入进来。他们边走边喊口号。当游行队伍到达时代广场的时候，人数已经达到了上万人。

在美国全国，大约100个城市中都出现了这样的游行队伍。

六

在华盛顿特区的国会山，得州国会议员詹姆斯·帕克正在和美国驻联合国总代表林德会面。

帕克的办公室里，下午的阳光从窗子外面照进来，让人感到很温暖。

“林德先生，我知道你这次要和国务卿一同去月球参加安理会的会议。你对这次会议的议题了解吗？”帕克上来就直入主题。

“基本了解，秘书处通知各个代表团就两个主要议题进行讨论：一个是我们提出的将人工智能治理模型向全球推广的提案；另一个是以中国为主，加上欧洲和太平洋岛国等一些国家提出的全球气候变化的议题，他们希望进一步严格控制碳排放。当然还会有一些次要议题。”林德从容地答道。

“那我们的政府对第二个议题将如何表态呢？”帕克继续问。

“我们的态度你也知道，我们对IPCC的报告持有异议，不能只从科学上考虑问题，还应从各国发展和生活水准来考虑问题。全球减排是需要的，但是不能对美国施加太多责任。尽管我们是最大的能源消耗国之一，但我们人民的生活习惯是长期形成的，如果采取统一的标准，人民的生活会受到很大的影响。因此，我们对此持审慎的保守态度，可以听取多方意见，但是不能轻易做出决定。”林德对此十分清楚，讲得一套一套的。

“你讲的不完全对，你忽略了我们美国是人均能源消耗最高的国家，从而也是人均碳排放最高的国家。你所说的人民的生活水准、生活习惯也只是指一部分人，人民的大多数是城市居民，他们并没有住那么大的房子，并没有好几辆车。因此，通过设置合理的人均居住面积，以及实施更合理的阶梯电价，是可以实现IPCC的减排责任的。受影响的仅仅是少数富人。你们不能用他们的生活方式，绑架所有美国人。”帕克正好把民主党一贯的观点亮了出来。

“此外，美国无论如何也是世界上人均能源消耗最高的国家，如果我们不行动，将会引起国际上的不满。很多国家都会对美国不满，并将出现重大自然灾害的责任推给我们。每次重大自然灾害出现，都会有这样那样的反对我们的声音。你知道今年的第一号飓风已经形成，正在向我们的东海岸逼近，如果造成巨大经济损失，就会更加引起公愤。而且，这次将会是国内的公愤。你们也将因此失去大批的选票。”帕克继续给林德施压。

最后一句话击中了林德的要害。他闭上眼睛，眼前浮现出近几天在全国各地的示威游行，以及去年印度洋大风暴时的情景。那次各地的游行也不少，但是这次不太一样，好像明显增加了。如果飓风真的袭击了美国东海岸，造成重大损失，政府还能撑得住吗？特别是就在这个当口，安理会正好就要再次讨论这个问题。

“是的，政府受到了来自各方面的压力，我们确实需要认真地考虑。”林德平静地说。他显然不想失去这次联合民主党的机会，毕竟他们有很多工作都需要国会中另一个大党的配合才能推进。

“我这里有一个小党派，哦，就是那个行星地球党的建议，希望你们能够考虑。”说着，帕克将爱德蒙交给他的那个提案递给了林德。

“好的，我会向国务卿详细汇报我们的谈话，我相信总统也会认真考虑的。”林德伸手接过了帕克递过来的那个大信封。

第六章　奇怪的用户

一

通过在月球轨道上放置太阳能反射板，将太阳光反射到月面处于月夜期间的用户，是月球旅游公司在初期开发的月夜期间的能源解决方案。目前正在轨道上运行的电站有三个，除了给雨海旅店在月夜期间提供能源外，还可以承接其他用户提出的需求。当然，雨海旅店拥有绝对的优先权。

为了更好地运行这个能源解决方案，使其独立发展，月球旅游公司从一开始就将这一块业务分离出去，专门成立了一个月球轨道能源公司，可以独立承接用户的需求。他们最大的用户就是雨海旅店，同时，月球旅游公司拥有其超过50%的股权。

这天，苏佩丽接到了月球轨道能源公司总经理的来电。

“苏总吗？你好！有一个情况我想向你报告一下。我最近才知道咱们承接了一项政府的重要政治任务，因此觉得这个事儿需要向你汇报，不知道能不能帮助到你们。”

“杨总吗？你请讲，是什么情况啊？”苏佩丽问道。

“是这样，我们两个月前接到了一个用户的订单。就是有人在5月18—19日那两天预订了一个一般性的服务，用户是一个移动的月球平台。我觉得这个日期和咱们的重大任务日期比较接近，应该向你汇报一下。会不会和你们的工作有关啊？如果是你们的工作，为什么是从一个中东国家发出的订单呢？”杨总在电话里说道。

“哦，这样啊，你把他们的详细需求发给我，我先看看。”苏佩丽明显感到诧异，没有听说过这个用户啊。在接到详细用户数据之前，她还是把这件事告诉了张军，因为他是这次任务的总负责人。

得到这个消息后，张军非常重视，当天就赶到了北京。

二

张军来到苏佩丽的办公室，两人没有出声问候，只是非常默契地相互碰了一碰肩膀，就直接来到会议桌旁边，看着这个订单需求，开始分析起来。

从订单上的信息看，用户是一个中东国家的咨询公司。从网上查看这个公司，看到的信息都是很虚的咨询业务。需求中提到的用户平台X是个移动平台，共需要三次电力服务：第一次的位置在南纬65度，西经20度左右；第二次的位置在南纬60度附近，经度差不多；第三次又回到了南纬65度附近，与第一次的位置相近。每次需要服务2小时，均标有具体的经纬度，从服务起始到终止的经纬度不同来看，用户是一个移动平台，好像是先向北移动，再向南回到起始点附近。三次服务之间的间隔差不多是12小时。需求的绝对时间就是北京时间5月18—19日那两天，从时间上看就是安理会会议之前的那两天。但从地点上看，又和雨海旅店没有什么关系。

对于最近各国航天局开展的月球探测计划，张军是了如指掌的。中东国家除了阿联酋和沙特曾经有过月球探测计划外，其他国家还没有过。阿联酋的计划是在两年前执行的，其月球车很小，而且没有设计度过月夜的技术条件，因此在第一个月日取得成功后，就终止了。况且，着陆点也在低纬度，而不在这么高的南纬这里。沙特的任务是去年执行的，目标是能源提取，确实是在南极附近，但是他们没有月球车，只是定点机器人项目。目前，这个项目也终止了。

那么这个用户到底是谁呢？沙特任务的二期？X用户？

按照月球轨道能源公司的规则，用户预订服务时，可以用代号，不一定要用真名。因为很多国家在做计划时任务名称并没有定下来，也有很多国家会在任务实施前临时改名字，所以从名字上看不出来是哪个任务也是正常的。但是，这个预订是两个月前发出的，距离需求的日期很近了，还没有正式命名，就有一点儿奇怪了。是沙特临时决定要把上次任务的备份打上去？

难道这几天会有新的发射？但是从来没有听说啊。现在距离这个订单需求的日期只有不到10天了啊！即使是使用大火箭，要想在17号着陆，还是在月夜期间着陆，这几天就应当要发射了。难道我们的情报部门，什么都不知道吗？张军陷入了深思。但是有一点还是令张军放心的，就是这个用户的位置，距离雨海旅店足够远，我们在北纬，他们在南纬，还是那么高的纬度，根本不搭界，所以好像不是冲着我们来的。张军马上给局里打了一个电话，要求他们对近期国际上准备发射的月球计划做一个尽可能详细的调研，不能遗漏任何计划。

苏佩丽这时也在思考。首先，这样一个重要信息杨总为什么没有在两个月前报告。转念又想，月球旅游公司这次承接的政治任务是高度保密的，特别是两个月前，只有总公司的中高层干部知道这件事。杨总不在传达范围之内，因此他不知道是合理的。其次，最近月球轨道能源公司的用户并不多，也就是5～10个。能够找到一个新用户，他们肯定是高兴的，并且力争服务好。而保护好用户信息，正是他们的义务。若不是他知道了这个政治任务，也许他根本用不着和总公司报告这个事。因此，杨总在这件事上的所作所为是合理的，也是有一定觉悟的表现。

张军和苏佩丽两个人都陷入了深深的沉思，这究竟是个什么性质的信息，目前好像还很难判断。

“我们能不能做一些猜想呢？”张军一边在等局里的调

研情况，一边在思虑。

“那你说可能是什么情况呢？”苏佩丽也不知道从何处着手。

“比如，某个小国家想搞一个政治任务，一直保密自己的计划，就连能源服务也是找一家咨询公司出面去预订。这样有两个好处：第一，如果计划进展顺利，发射前再公布，可以给公众一个惊喜；第二，如果计划进展不顺利，反正是秘密进行的，也不会丢人。”张军开始猜想。

“有这种可能。因为探月对那些航天才刚刚起步的国家，一直都是由政治任务牵引的。但是，目前已经临近发射了，我们还没有听到任何宣传，比如临近发射时可以发动公众对计划命名什么的，是不是他们的计划进展不顺利？”苏佩丽分析道。

“也许是吧！如果真是这种情况，我们就放心了。”张军说。

“稍等。两次需求之间相隔差不多180千米，12个小时。这是什么月球车的速度呢？15千米的时速。目前只有美国的月球车走过这样快的速度，还要在平坦的月海上面。这个数据是他们南极站公布的，就是刚刚改为商业旅店的那个南极站公布的。”张军看着数据突然悟出了什么。

“是啊，为什么开那么快？就是为了破世界纪录？”苏佩丽也感到疑惑了。

“你拿一张月图来。”张军说。

苏佩丽从书柜中拿出一张很大的月图，月面分辨率大约100米，铺在会议桌上。

张军将用户提出能源服务需求的三个需求点都标在了这幅月图上，然后，用红笔将三个点连成一条线。很明显，这条线从南先向北，到达第二个需求点后，又从北返回南，接近第一个需求点的位置。

两个人都站在这幅月图前思考，这是个什么任务呢？非要向北跑，跑到了又向回跑，而且是在月夜期间，把有限的能源都花在了跑路上，不够还要花钱采购能源。如果为了到那里去，为什么不直接落到那里呢？这样看，越来越不像哪个国家的第一次登月任务，或政治性质的任务了。因为技术风险太大，能源使用也不合理。想到这里，他们两个人越来越担心了。

“如果是针对安理会的，为什么不直接落在我们旅店附近呢？”张军不禁自言自语地说。

“是啊，真是想不通。”苏佩丽说完，两个人再次陷入了沉思。

三

苏佩丽的办公室里，张军和佩丽正在会议桌前吃着盒饭。桌上放着那张很大的月图，上面不但标注上了那个奇怪的能源用户的位置，还标注出了雨海旅店的位置，以及美国南极站的位置。雨海在远远的北半球上边，距离那个用户的位置至少有2000千米远。而美国的南极站则距离那个用户的位置很近，大约200千米远。

这时，张军的手机铃声响了起来。

“好的，知道了。你们继续深入了解情况。”张军放下电话，对苏佩丽说：“局里面报告，没有查到任何国家的探月任务将在近期发射，至少从公开信息中没有发现，和我们关系密切的航天机构中也没有发射时间接近的任务。”

“这就证实了我们的估计，这个用户不像是政府用户。”苏佩丽说。

张军再次走到月球图边上，仔细地看着。突然，他把手放在了美国南极站那里。

“佩丽，快来看，这个用户为什么要降落在这里呢？这里距离美国南极站很近。实际上，它不会降落在这里，而是降落在以这里为圆心，180千米为半径的那个圆上边。因为它降落时，月球车的电池是满电的，走了180千米才需要充电，就像他后面再走180千米需要充电时一样啊。”张军就像发现了新大陆，兴奋地说。

张军拿了两支笔，捏在手里做了个圆规，在那个用户的两次需求位置上量了一个长度作为半径，再以第一次需求的位置为圆心画了一个圆。太巧了，美国南极站正好就落在了那个圆上，而且是它的正南方向。将美国南极站和那个用户的需求位置用笔连接起来，马上可以看出是两段一直向北的线段。

“啊，这就清楚了，他是从美国南极站出发，去执行一次任务，然后再回到美国南极站。”苏佩丽马上明白了。

“是啊，没有什么新的月球探测任务，开月球车的人就来自美国南极站！”张军感觉自己几乎就要得出结论了。

“没错！这个推断是合理的，没有疑问！”苏佩丽完全同意这个推断。

“可是，他们为什么要高速地向北移动呢？要执行什么

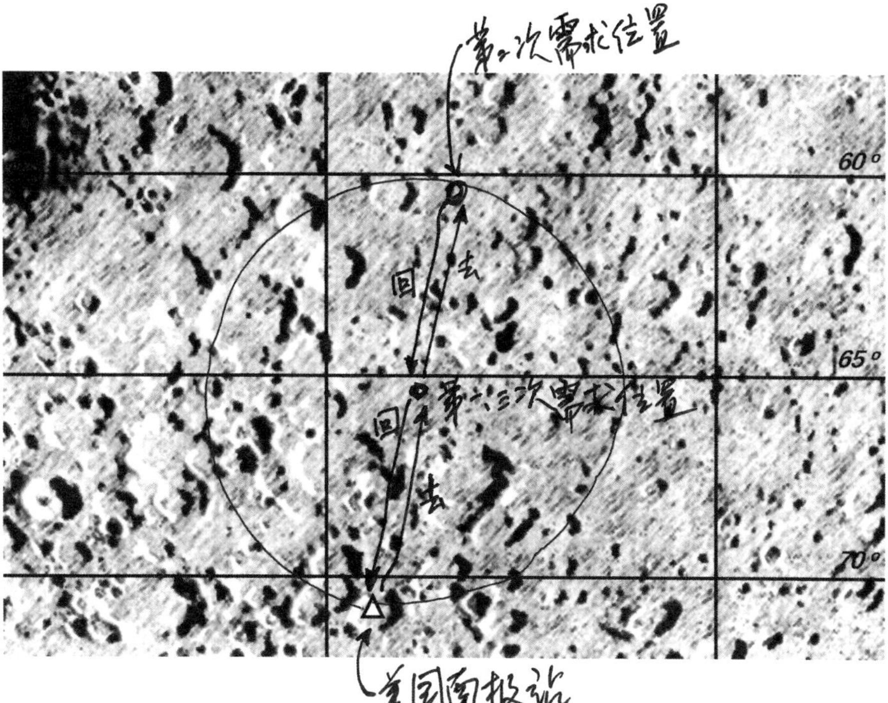

张军拿了两支笔，捏在手里做了个圆规，在那个用户的两次需求位置上量了一个长度作为半径，再以第一次需求的位置为圆心画了一个圆。

任务呢？要再次创造世界纪录？那为什么是在月夜期间？”两个人再次陷入了深思。

四

纽约中心公园附近，克里斯的公寓内。克里斯和阿里兴奋不已。执行“欺骗计划”的日期就要到了。他们反复核对着方案，确保万无一失。客厅里，餐厅的桌子上，到处都是高分辨率的月球图，图上甚至还有等高线，上面画着行走路线。还有一些月球车的详细结构图和操作手册，都是从NASA的网站上下载的。当然，他们最关注的还是月球上面的通信设备。

一想到要去月球上执行任务，克里斯就抑制不住兴奋和自豪。这个方案是他提出的，其中有那么多技术内容，巧妙而具有创新。他心想，多亏了自己这么多年来的技术积累。他一直在跟踪学习电子、信息、航空和航天的最新成果和技术，就是为了这一天能够用上，现在机会终于来了。他几乎将月球车的操作完全记在脑子里了，恨不能马上就驾驶着它在月面上驰骋。他还要教会阿里，因为他们两人需要轮换驾驶，长途奔袭300多千米必须由两个人轮换驾驶。

他和阿里现在唯一需要攻破的障碍，就是如何在南极站破解气闸舱的密码，进入气闸舱，然后穿上航天服出去，把月球车偷偷开走。

为此，他们研究了两年来几乎所有去过美国南极站旅游的乘客写的游记。其中，有大约10个人都谈到了进入气闸舱的情况，有一半谈到了导游如何操作门禁密码，还有一篇游记甚至在照片中还出现了门禁密码锁。那个密码锁好像也是常见的那种。昨天，阿里到锁店买了所有类似型号的密码锁，现在他们正在挨个研究。

终于，他们发现了机关——所有密码锁打开后，都要接通一个开门的电流。这个电流的安培数大致是一样的，因为开门的电磁阀需要一个标准的电流产生一个大小基本一致的磁场，这样电磁阀的生产就可以标准化。如果能够跳过密码锁，用一个相同安培的电流，产生出那个磁场，就可以驱动电磁阀。

进而，他们跳过密码锁，开始研究电磁阀。想用不同的方式从外部驱动电磁阀。经过几次实验，他们终于成功了。唯一需要的外力，就是要接上110伏的交流电。而这个在南极站的楼道里可以到处找到插口，那些为清洁工、吸尘器留的插口，都能提供110伏的交流电。然后，他们需要在到达之后，从房间里的电器上找一些电线，绕成线圈，再接上交流电。这些基础材料都得在月球上面的旅店里找到。因为想通过安检，把这些材料从地球上带到月球上是不可能的。

五

在地月段飞船上，苏佩丽和张军并排坐在各自的座位上。

“美国南极站有答复吗？”张军焦急地问苏佩丽。

“还没有，我熟悉的那个站长已经回到了NASA总部。他帮助我联系上了商业公司任命的一个新站长，但是仍然没有答复。”苏佩丽也很焦急。

显然，他们对那个奇怪的用户所要执行的任务仍然不清楚。这时距离安理会成员国代表启程的日期已经非常近了，最早启程的代表明天就要从中国出发。为了确保万无一失，张军决定带着苏佩丽比原定计划提前一天到月球上面去，并在必要时造访一下美国的南极站。他们正在等待美国南极站的答复。

“我们还有20多个小时，如果到时候仍然得不到他们的答复，我们就只好听天由命了。”苏佩丽似乎也没了信心。

“从目前的分析来看，虽然那个奇怪的用户所执行的任务时间就在我们代表到达的那两天中，但是除了这个日期和我们的任务有关联外，其他都没什么关联，至少他们去的那个地点距离我们还很远很远呢！”张军自言自语地说，显然他仍在思考着。

“是啊，我们无法想象他们要干什么，也许他们有自己的什么实验任务，比如实验新的月球车驱动装置，也未必。”苏佩丽希望一切都平安过去，希望这个奇怪用户的任务和安理会无关。但是，最好还是和美国南极站确认一下。她忍不住再次看了一下手机。通过地月飞船中的Wi-Fi，她可以随时和地面保持联系。

“有了，新的站长詹姆斯有回信了。”苏佩丽兴奋地叫了起来。

“他怎么说？”张军焦急地问。

“他在邮件中表示抱歉，回复晚了是因为他一直在室外活动，无法看到我们的信息。他对我们的访问表示欢迎，随时可以接待我们，只需提前5小时通知他们即可。”苏佩丽一口气报告完。

“太好了。那我们马上联系雨海旅店那边，让他们准备好备用飞船。我们一到就出发，到南极站去。”张军说。

“好的，我马上通知张经理，并通知美方我们到达的时间。”

六

北京时间当天晚上11时，美国南极站上午11点，月球雨海旅店的备用飞船在美国南极站的着陆场平稳降落。张军和苏佩丽身着航天服，缓慢地走下飞船，坐上了南极站来迎接他们的月球车。

这个月球车与中国的不同，个头稍大一点儿，也是六个轮子。坐在车上，张军仔细看了一下车内的情况。只有四个座位，除了驾驶员，最多可以坐三名乘客。后面空余出来的地方放置着一个大大的电池箱，以及一个可以调整方向的太阳能帆板。同时还有一个小型激光通信设备，不知道它是不是具备与地球直接通信的能力。

驾驶员将车开到气闸舱门口旁的停车场，停好车，然后打开气闸舱舱门，三个人一同走进去，再关上舱门，空气压缩机自动开始加压，不一会儿就达到了一个大气压。他们脱掉舱外航天服。中国的航天服与美国的也有所不同，显然中国的更加贴身，而美国的显得更加笨重一些。

打开另一侧的舱门，詹姆斯热情地迎接张军和苏佩丽，“欢迎，欢迎！张局长是第一次到我们南极站来吧！”

“是的，非常荣幸。感谢你们的邀请！”张军说道，并主动和詹姆斯握手。

“你好！詹姆斯，隆德先生让我和你联系，我才知道他已经卸任了。恭喜你荣任这个重要的职位！”苏佩丽也主动伸出手，和詹姆斯握手。

“啊，非常荣幸见到你，苏总！你是我们的老师，隆德告诉我你帮了我们很大的忙啊，我也祝贺你担任月球旅游公司的总经理！”詹姆斯热情地说。

三个人寒暄之后，一同来到了一间小接待室。

“我们这次来有一个重要的任务。”张军开门见山地说。

“请讲，我会尽力效劳的。”詹姆斯明确表态。

接下来，张军把那个奇怪的能源需求用户的大致情况向詹姆斯做了介绍，但是出于为用户保密的原则，并没有说出具体的经纬度和具体时间。然后说："我们希望了解一下，你们是否有这样一个任务？"

"没有，不可能！"詹姆斯明确地回答，并露出了明显诧异的神情。

"那这个用户是谁呢？"张军既是像问自己，也是像问詹姆斯。

"会不会是你们能源公司的信息搞错了呢？"詹姆斯问道，这里的所有业务他都一清二楚，绝不会有他不知道的什么实验或者任务。

"你知道，我们邀请了联合国安理会到雨海旅店开会，我们需要对所有参会人员的安全负责，也包括你们的国务卿。因此，如果有什么异常情况，请和我们通报一下。我们协同工作，确保会议代表的安全。"张军说道。

"当然，我们可以保持热线联系。我非常钦佩中国对安理会的邀请和你们的技术能力！安理会的会议这次在月球上召开，对我们双方未来的发展都会很有帮助，对人类进一步开发月球也会有好处。你们在联合国外空委的提案我们也看到了，非常支持！"詹姆斯做了明确的表态。

"那好的，保持联系。我们还有其他公务，就先告辞了。”张军和苏佩丽站起身，向詹姆斯道别。

“这么急吗？我还让他们准备了一些饮料，我们可以喝一杯的。”詹姆斯对他们这么急就要走有些惊讶。

“谢谢啦，我们下次再聚。这次我们确实有公务在身，需要尽快赶回去。”张军抱歉地说。

詹姆斯只好把他们一直送到了气闸舱的入口，然后相互道别。

月球车的驾驶员和他们一起再次进入气闸舱，各自穿上航天服。待气闸舱排完空气，他们一行三人坐上月球车，回到中国的月面往返飞船边。月球车驾驶员在此挥手告别张军和苏佩丽，然后驾车离开，到距离飞船大约500米的安全区停下来，等待中国飞船起飞。

张军和苏佩丽进入飞船，在里面等候的驾驶员启动了发动机，飞船慢慢地离开了月面。从舷窗向外看，可以看到美国的月球车和正在向他们挥手告别的月球车驾驶员。

2个小时后，飞船在雨海旅店降落了。因为是备用飞船，他们没有占用旅客常用的密封舱着陆场，而是降落在不远处一个开放式的着陆场。与在美国南极站一样，雨海旅店的一名驾驶员驾驶着月球车来接他们。

由于已是后半夜了，他们没有继续讨论，脑海里充满着疑惑，各自回房休息。

七

第二天，一吃过早饭，张军和苏佩丽就来到了会议室。

“我们还是和地面联系一下，让能源公司再次确认一下那个奇怪的用户吧。”张军对访问美国南极站所获知的情况仍然十分懊恼，坐在椅子上无奈地说。在他的职业生涯中，还真没有遇到过这样奇怪和无从下手的问题。

“等等，我们能不能试探他们一下呢？就说我们在那个时间段需求很大，能否请他们改一下时间？”苏佩丽看着张军懊恼的样子，也很着急，在想如何帮助他，就突发奇想。

“对啊，如果他们是正常的用户，也许会同意调整时间。如果是别有用心的用户，就会和我们力争保证这段时间。”张军的情绪一下子被苏佩丽调动起来了。

“那好，我马上和杨总联系。”苏佩丽拿起电话，接通了能源公司。

“杨总吗？我们刚刚从美国南极站回来，确认了那个用户不是他们。你能否，第一，再仔细确认一下那个用户的信息，包括需求服务时间和地点。第二，如果确认无误，请和他们商量一下能否请他们调整一下时间，因为美国南极站提出了新的需求，要在这三段时间里增加补充服务。”

“好的，苏总，我有了进一步的消息马上告诉你。”电话那边的杨总答应道。

苏佩丽挂断电话，看着张军又进入了思考。她在尽最大的努力帮助张军，确保这次任务不出任何差错，看到张军如此懊恼，她心里也不好受。

八

3个小时以后，地面上，月球轨道能源公司业务部门的工作人员正在和那个位于中东的咨询公司打电话，杨总就站在他旁边。中东那边是刚刚上班的时间。

“是的，我们确实有其他需求，能否请你们考虑申请其他时间的服务呢？”业务部的工作人员正在讲话。

“什么？你是说他们已经在奔向月球的途中了吗？无法更改了？好吧，我们尽量满足你的需求。谢谢！”工作人员放下电话，张着嘴巴，呆呆地看着杨总。

“是的，我都听到了。”杨总说完，转身走出了办公室。

他快步走回自己的办公室，拿起了电话。

“总公司吗？请马上给我接苏总经理。”

九

此时，克里斯和阿里正在美国飞往月球门户站的飞船上。他们和其他18名旅客一起。美国的奔月飞船很大，一次可以容纳20名乘客。这要得益于Space X公司研制的大推力火箭。但是这样的飞船具有较大的风险，且成本较高，所以，到美国南极站旅游的乘客要比到月球雨海旅店的游客多付将近一倍的价钱。

克里斯和阿里按捺不住自己的兴奋，不过，克里斯还是叮嘱阿里要养精蓄锐，因为迎接他们的将是连续24小时的长途奔袭。

他俩放倒座椅，闭上眼睛，力图使自己尽快进入睡眠状态。

十

会议室里，时间已经接近中午了。对那个奇怪的用户的任务，张军和苏佩丽两个人的思考还是没有任何进展。突然，苏佩丽的手机响了起来，张军和她的眼睛都睁得大大的，盯着手机屏幕——是杨总打来的。

“杨总，”苏佩丽打开手机，迫不及待地问，“有什么消息吗？”

“啊，起飞了。哦，是的。我们再和你联系。”苏佩丽放下电话，看着张军说，“用户已经起飞，在奔月的途中了，他们乘坐的是美国飞往南极站的旅游飞船。”

“啊，是的，我们忘记这个途径了，美国的旅游飞船。看来他们是要去南极站，也许他们会偷盗美国站的月球车？那一定不是正常的实验任务。我们的担心没错，他们一定是别有用心的人。但是他们要干什么呢？”张军刚要站起来，又坐了下去，再次陷入沉思中。

这时，后勤部的张经理走了进来，向苏总请示其他事情，苏佩丽就和张经理离开了房间。房间里剩下张军一个人。他开始在房间里踱步，慢慢地学着在1/6重力下踱步，一步可以走好远，又不能跳起来。他从会议室这边走到那边，再走回来。

会议室中间有一张长条形的会议桌，围桌放了18把椅子。靠两边的墙之间，如果只放椅子，还可以各放两排，但是现在还没有开始布置，显得较空旷，有些多余的椅子摞起来，放在墙角处。这里就是过两天安理会的会场。看一下墙上，挂着各种照片，旅店建设时的工程照片、月面往返飞船的照片，还有月球全球高分辨率图，正面的和背面的，都标着地名。那些地名大多数是以外国人的名字命名的。如果仔细找，也可以找到几十个中国人的名字，大部分都是中国开展探月计划以后申请命名的。但是由于大的月海、山脉和陨石坑都被外国人的名字先行命名了，中国后来申请的地名，都是些小地方。

这时，张军看到了一张用墨卡托投影展开的全月图，就是那种等角圆柱投影，将所有经纬度都投影在了直角坐标上，图上标出了月面往返飞船在不同时间飞过的路径，是一排一排的正弦曲线，密密麻麻地覆盖了整个月面。只见图上每条曲线的形状都一样，只是向东、西方向平移了一点，上面还标注了时间。显然，这是一张月面往返飞船各个时刻从月球轨道站接送旅客的轨道覆盖图。

就在一刹那间，张军好像发现了什么。他一步跨到这张图的下面，因为过快，差点摔倒，赶紧扶了一把边上的椅子才站住。他的目光落在那些正弦曲线的下端——它们都在大概南纬56度就开始转弯。也就是说，由于月面往返飞船的倾角是56度，因此，他们最远也就飞到南纬和北纬56度的地方，不能再往南或者往北了。到了南纬56度就开始向北飞行，经过赤道，进入北纬区域，达到北纬56度后又开始向南飞行。这些正弦曲线代表不同航班的飞船的飞行轨迹。很快，张军找到了那个奇怪的能源用户离开美国南极站最远的需求点，它的纬度距离56度只有不到3度。再看看那条距离那个位置最近的正弦曲线，其编号是1755，也就是1755航班的飞行轨道。

正在这个时候，苏佩丽回到了会议室。张军兴奋地说道："佩丽，你看看这里，那个用户的位置距离我们的月面往返飞船多近啊，并不是我们想象的和我们无关啊！"

苏佩丽也走到那张图的旁边，仔细地看着张军所指的那个位置，马上转身对跟着她一起进来的张经理说，"张经理，你马上查查明后天是哪个代表团搭乘的1755航班。"

"好的，我马上去查。"张经理答应道。

"这下清楚了。我们这个用户朋友还真有可能和我们有关啊。"张军如释重负地说道。

十二

月球雨海旅店的会议室中，两名飞船驾驶员和张军、苏佩丽正在研究月面往返飞船可能受到的攻击。

“首先，在这个位置，距离我们飞船最南边的月下点不到100千米，他们完全可以看到我们的飞船。因为我们飞船飞越那里时，高度是80千米左右。”其中一名驾驶员说道。

“那他们可能会用什么攻击手段呢？”张军最关心的问题实际上是这个。

“他们有可能带有武器吗？比如手枪，或其他热武器？”另一名驾驶员有一点儿焦虑地问道。

“不大可能，因为他们很可能是以旅客身份来的，因此，必须经过非常严格的安检，不可能带有武器。美国的南极站和我们的安检一样严格。”苏佩丽解释道。

“那会是什么呢？”两个驾驶员异口同声地问。

“我们也不知道，只能猜想。他们会不会和你们通信联系呢？”张军问道。

“我们的通信体制不一样。美国南极站在月球车和基地之间采用的是飞秒激光脉冲体制，这样在不是非常定向的条件下比较节省能源，但是通信容量有限。”苏佩丽说道。她曾经帮助美国南极站安装过基地到地面的激光通信设备，对他们月球车和基地之间的通信体制也是了解的。月球车在移动中有摇摆，不容易做到激光定位，因此是宽波束的小望远镜，对定向的要求就放宽了，但是对功率的要求就加大了。因此，他们采用了飞秒激光脉冲通信。而我们在月球车和旅店之间仍然使用常规的无线通信方式。

“那他们的飞秒激光用的是什么波段呢？”其中一名驾驶员问道。

“频带很宽，但是中心波长是1650纳米。”苏佩丽肯定地说。

“哦，这个和我们的激光高度计倒是一样的，我们的激光高度计也用的是1650纳米波段。”驾驶员说道。

“激光高度计？就是用来决定飞船到月面的高度的那个仪器吗？”张军提高了警惕，马上问道。

“是的，我们用激光高度计确定飞船的高度，特别是在着陆时，这是个非常重要的仪器。从轨道高度一直降到距离月面200米，它都是唯一的仪器。只是到200米高度后，才增加了雷达高度计来联合确定高度。”驾驶员回答道。

“那如果激光高度计出现了问题，会怎么样？”张军继续问道。

“飞船上的激光高度计除了光学镜头部分，后面的仪器都是双备份的。如果主份出了问题，会自动切换到备份；但是如果两个都出了问题，就会失去对雷达高度计的引导。雷达高度计不知道何时启动，导致降落时无法判断高度，反推火箭提前或推后启动，都会导致飞船坠毁。”驾驶员显然也意识到这里有严重的问题。当初设计时并没有考虑到会有这么严重的故障。

“当然，我们驾驶员是最后一道屏障，我们还可以通过目测决定何时启动反推火箭发动机。只是风险大一点，因为月面的地理特征在不同高度上都比较相似，很难用肉眼判断高度是多少。”他又补充说了这些。

“也许，他们是这样想的。”苏佩丽好像明白了什么，自言自语地说着。

“怎样想的？你在说谁？”张军看着佩丽，疑惑地问道。

“我在想，我们的激光高度计，就是工作在短脉冲模式，通过计算由月面反射回来的回波到达的时间判断飞船的高度。因此，如果有来自外面的同频脉冲干扰，激光高度计会把它当成自己的回波，形成错误信息，使高度判断失误，导致飞船坠毁。”苏佩丽说出了自己的判断。

“但是他们如何将干扰脉冲送到激光高度计的镜头中呢？要知道我们的高度计的镜头是始终指向月面方向的，且波束很窄，其他方向上来的光根本到不了我们的传感器上。”驾驶员看来并不同意苏佩丽的判断。

“一般来说是这样的，但是美国的月球车使用的是飞秒激光脉冲发射源。这种激光器的特点是在很短的时间内，可以使脉冲的峰值功率达到10的15次方瓦。这样高的功率值，即使是散射到镜头中的万分之一，也可以达到很高的量级，足以干扰激光高度计的传感器。”苏佩丽继续解释道，“我觉得我们的对手，具有很强的技术背景，并且仔细研究过美国和我们的技术系统参数，才做出如此周密的策划。”苏佩丽继续说道。

“好了，明白了，看来这就是他们的计划。他们从南极站出发，尽可能地接近我们的飞船飞过的地方，然后用他们月球车上的通信机向我们的飞船发射信号，使飞船上的激光高度计出现误判。这时不管是主份还是备份，都会出现误判，自动地启动反推发动机，将燃料耗尽，使得飞船无法降落，或干脆让飞船直接坠毁。”张军总结了大家的判断。

“那他们如何知道美国国务卿就一定会坐这个航班呢？”驾驶员还是有明确的疑惑。

“这个他们应该可以做到。因为我们这张图是公开的，在网上也可以下载，而他们从美国内部也可以得到国务卿的行程安排，然后对应地从这张图上找到相应的航班。”苏佩丽解释道。

“佩丽，你马上通知美国南极站，请他们密切关注他们的月球车，因为有人可能盗用它。此外，你再通知能源公司，马上取消对那个中东用户的合同，如果出现经济上的损失，我们政府来补贴。”然后他指示两名驾驶员要提高警惕，并复习一下手动操作降落的程序，以防万一。其中一人就是即将操作1755航班，去接美国代表团的驾驶员。

十三

美国南极站。詹姆斯床边的电话铃突然响了起来。

美国时间正是半夜，詹姆斯睡眼惺忪的，很不情愿地拿起电话，里面传来苏佩丽的声音。

“抱歉，詹姆斯，我不得不在你们的半夜时间叫醒你。我们基本了解了上次说的那个用户的意图，他们可能已经作为你们的旅客登月了，想驾驶你们的月球车向北开，去执行一次袭击任务。请你马上帮助我们监控好你们的月球车，防止它被盗开走。”苏佩丽在电话中说。

“是吗？我们的月球车在气闸舱外。进入气闸舱需要密码，只有月球车驾驶员才能操作，我都不知道密码，这种事不可能发生。”詹姆斯似乎还在梦中，并没有意识到问题的严重性。

“根据我们的判断，可能就在今天，你们的旅客中会有人采取行动。请你务必加强防范。”苏佩丽在电话中再次叮嘱詹姆斯。

“好吧，我马上去安排。有情况我们再联系。”詹姆斯放下电话，迅速地穿上衣服，走出房间。他首先来到气闸舱的门口，并没有看到什么异常，就回到办公室，呼叫驾驶员。

不一会儿，驾驶员来到了詹姆斯的办公室。

“老板，什么事？大半夜的，你要出去吗？”驾驶员问道。

“刚刚月球雨海旅店通知我们，可能有人会在今天盗用我们的月球车，盗用人就是我们南极站旅店的旅客。请你密切关注气闸舱的情况，不要同意任何旅客进入气闸舱的请求，除非有我的命令。从现在起不要再睡觉了，随时听我的命令。”詹姆斯说道。

“好的，老板！”驾驶员回答后就转身出了房间。

詹姆斯起身来到总监控室，这里可以看到整个南极站各监控摄像头的图像。监控室里，有一个值班人员正趴在桌子上睡觉。詹姆斯来到他身后，推了他一下，他马上醒了过来。

“对不起，老板！我刚才只是……”值班人员抱歉地说。

詹姆斯根本不理会他，开始看监视屏幕，他要找的是气闸舱和气闸舱外面的监视器。突然，他大叫了一声，“兰”，就是那个驾驶员的名字，“你快叫兰来一下。”他推了一下那个值班人员，“快去！”詹姆斯清楚地看到，气闸舱外面的监视器中的两辆月球车居然少了一辆。他从瞌睡中彻底醒了过来。

很快，兰几乎是跑着进来，尽管在月球上很难做到地面上那种奔跑。

“兰，你看我们的月球车为什么只有一辆停在那里，不是应该有两辆吗？你最近有送月球车去仓库维修吗？”詹姆斯焦急地问道。

“没有，应该是两辆！”兰也奇怪地看着屏幕，惊讶地喊了出来，“天啊，那一辆呢？”

“把它调到主屏幕上看一下。”詹姆斯指示那个值班人员。

室外监视图像被显示在了中间的大屏幕上，可以清晰地看到，只有一辆月球车停在那里，周围空空荡荡的。

“快一点，把前面的图像回放。”詹姆斯几乎就要对着那个刚才睡觉的值班员扇耳光了。

很快，通过回放，他们看到从气闸舱这边走出了两个人，都穿着舱外航天服，并上了其中一辆车，而且还很熟练地就把车开走了。时间显示是11：23pm。看着图像，三个人都惊呆了，愣在那里有几秒钟没有一个人说话。还是詹姆斯老道一点，他又推了一下值班员，说：“快，再看看这个时间前面的气闸舱的图像。”

值班员哆哆嗦嗦地操作着鼠标，又把气闸舱的图像调出来回放。毫无疑问，那两个人进入气闸舱，并在里面穿上了舱外航天服。就如同正常情况下，出舱活动的时候一样。那么，是谁带他们进入气闸舱的呢？

“继续往前找，气闸舱门口的图像有吗？”詹姆斯焦急地问，他无论如何也不相信这是真的。

值班员又调出了气闸舱外楼道里的图像，但是这个距离比较远看得不太清楚，还因为有一个拐弯，只能看到门的右边，看不到左边。

时间显示是11：02pm，有两个人在门口停留了一下，一个在放哨，另一个蹲下身不知道在干什么，手里拿着一个东西，在门上移动，突然门就开了。

“天哪，那是什么东西，把我们带密码锁的门都打开了！”詹姆斯不禁叫了起来。

“你们马上查一下这两个人是谁，我马上和月球雨海旅店联系。”詹姆斯说着走出了监控室。

十四

这边苏佩丽正在和能源公司的杨总通电话。

“损失由政府来补，你需要做的就是终止这次合同。”苏佩丽的话语也很严厉。

“到底是什么问题，一定需要终止合同吗？你知道，不仅仅是这个合同的损失，还有我们公司的信誉啊！”杨总还是不理解总公司的这个决定。

“是的，必须终止，因为我们这次执行的是国家的政治任务，不能出一点儿差错。”苏佩丽毫不迟疑地回答道。

“还有一个问题，就是如果我们终止服务，用户没有了能源，如果是载人的任务，有可能会出现生命危险。这里面的法律问题，我们始终没有解决，但是这是第一次遇到这种情况。”杨总的担心不是没有道理。

“你等一下，我再联系你。”苏佩丽放下电话，也冷静了下来。是啊，如果终止合同，就相当于终止了那一个，又或许是两个恐怖分子的生命，我们没有这个权力啊。她把头转向张军。

“怎么办？我们好像是没有权力，在没有经过审判的情况下就结束那个，也许是两个恐怖嫌疑人的生命……”苏佩丽犹豫了。

“是的，我们没有权力结束他们的生命，但是如果我们不制止他们，他们就会结束整个飞船上6个人的生命。这就像是战争，他们不宣而战，我们必须防御甚至反击。这就免不了因为正当防卫而威胁到对方的生命，如果出现意外，我们是可以被免责的。”张军果断地判断后说道。他还是懂一些法律的，也曾经接受过这方面的培训。

“这个我完全同意，更何况这次是国家的政治任务。但是，我们有更好的办法吗？能不能再想想，距离提供服务的需求还有一些时间。”这时，苏佩丽表情和话语显得十分冷静，两只大眼睛瞪着张军。

“是的，还有一点时间。”张军被佩丽的冷静一下子摄住了，也冷静了下来。

“你们看，如果我们不知道这次攻击，我们的飞船也许就会坠毁。恐怖分子也是设想在我们不防备的情况下来采取行动的。但是如果我们知道了他们要发动攻击，并加以防备，让他们的攻击方案失效，我们就可以确保参会代表的安全了。”张军好像也茅塞顿开。

“对了，我们完全可以在他们要发动攻击的那一段时间中，也就是那几分钟的时间里，关闭激光高度计。这样就可以保证仪器的安全，不受损坏。待通过了那个区域后再将仪器打开，就不会影响降落了，因为从那个区域到降落还有一段时间呢。”苏佩丽到底是技术专家，一下子就找到了答案。

“太好了！恐怖分子也许真的能够盗走美国南极站的月球车，并实施攻击，但只要我们能够保证参会代表的安全，他们的攻击就是无效的。”张军兴奋地说。

“那我马上告诉杨总，合同可以继续执行。”苏佩丽说。

“合同继续执行！”张军高兴地和苏佩丽击了一下掌。

“那我还是应该通知一下詹姆斯，偷盗月球车的人很可能是恐怖分子，请他一定小心！”苏佩丽补充道。

“好的。”张军同意。

十五

在月面上，克里斯和阿里正驾驶着月球车，以最高的时速行驶。他们需要赶在1755航班经过最南边的轨道点之前赶到最靠近的地点。根据他们从资料上了解到的美国NASA这款月球车的速度，他们最快也就能赶到南纬60度左右。到了那里，距离飞船的目视直线距离仍然有200～300千米。此外，由于正值月夜期间，用肉眼是看不见飞船的。

他们需要用估计的方式，将30度张角的通信机镜头指向那个方向。此时，他们正全速前进。

有两个因素他们在地面上没有考虑到：一个是月球车的时速，指标上说是最高15.3千米，但是实际上，他们开到了19.3千米，还可以再高。但是为了确保能源使用效率，他们仍驾驶在最佳能源效率区间，也就是时速不超过16.1千米。另一个没想到的是，月面的情况远不如想象的平坦。尽管他们按照等高线图规划了路线，但是实际上月面的起伏很大，他们设计路线用的等高线图，误差非常大，只能通过目视来不断地修正。有时可以抄近路，有时又不得不绕过高山。上述两个因素综合起来，导致他们并没有走得更快，而是基本按原计划的速度在向北行驶。

由于出来时没有带食物，他们已经感到饿了。月球车里只有少量的备用流体食物。实际上，在穿戴着舱外航天服的情况下，也只能通过头盔内的一个饮料管补充流体食物。他们计算了一下食物的总量，将其分配到三天里面，只吃了一点儿。

在行驶中，两个人基本上不说话，都在沉默中思考着自己的人生。

克里斯的家族是个富裕的名门望族。他爷爷曾经在自己的家乡行医，爷爷的兄弟们都是商人，经营着多家连锁超市和物流企业。21世纪初的时候，他们家族资产曾经达到十几亿美金。他的爷爷不同于几个兄弟，立志救死扶伤，曾在自己国家里最好的中学上学，毕业后到英国留学，在伦敦大学医学院学医，后在英国的医院实习了几年就回到家乡，建立了自己的医院。然而就在这个时候，他们的祖国被卷入了战火中，不同的国家都把它当作武器试验场。各种飞机和导弹在空中飞来飞去，他们的家就这样被飞机给炸了。他的曾祖父被炸死。他爷爷带着他爸爸逃到希腊，后又来到美国。克里斯虽然在美国出生，但是他一直与美国的主流社会脱离，接触到的都是各国的移民，当然主要是来自中东的移民，听到的也都是有关西方侵略和掠夺中东的故事。

与克里斯不同，阿里来自另一个中东国家，他十分怀念他在家乡度过的童年时代。他的爷爷曾经是政府高官，因为与美国关系紧张，受到了美国政府的点名制裁。尽管他在海外并没有什么财产，但是这件事情本身激起了他对美国的极大仇恨。在阿里10岁的时候，他记得爷爷曾经对他说，你长大要到美国去留学，并留在那里，从美国内部发动一场颠覆美国的战争。他按照爷爷的安排来到美国留学。后来他遇到了克里斯，感到自己离爷爷的目标越来越近了。

克里斯看看表，他们已经接近接受第一次能源服务的区域了。电池电量的指示已经接近红区，那就意味着电池电量小于10%的区间了。他们期盼着看到中国能源公司的小太阳尽快地升起来。

说起能源的问题，这是克里斯向上线提出的最重要的要求。经过计算，克里斯认为，偷到月球车后，需向北行驶180千米，来到第一次能源补给点，补充能源后，必须再向北走180千米，才能确保通信机的光束照射到飞船。因此，必须补充三次能源：一次在这里，一次在最北端，最后一次是回到这里的时候。三次中这次最重要，因为这次和任务的成功密切相关。后两次都是在任务执行完后，只和他们的生命密切相关，也就是能不能活着回到美国月球南极站。他和阿里都是冒着生命危险来执行这次任务的，他们已经将生死置之度外了，因此，他最关心的是这次能源补给。

能源补给的时间已到了，他们还在行驶中。由于前一段行程他们开得比较快，这时电池中的电量只剩下5%了。如果能源补给没有落实，他们就只能在此停下来，并等待12小时后向正北地平线上方15度左右的高度方向发射通信信号。

克里斯把车停下来，观察了一下地形。只见东面有一座很高的山，大概距离这里48千米。西面和北面是平原月海。南面，也就是他们来的方向上，是一条山沟，他们刚刚就是从那里钻出来的。克里斯估计中国的月球轨道太阳能电站将从东北面的山背后升起，然后向西南面落下去，因此，他仔细向东北面的高山那边观望，希望能够看到“小太阳”升起，但是什么也没有发生。

忽然，阿里指着不远处喊道：“克里斯，你看，那里为什么出现了阳光？”

克里斯把头转向阿里指的南边的方向，就在他们刚刚走过的山沟中，出现了一片直径约百米的区域，被阳光照得明亮。再抬头朝天上看，几乎就在头顶上，出现了一个“小太阳”。

“对，就是它，中国的月球轨道太阳能电站！它给我们供电了。我们一定是走得太快了，提前到了这里，而我们

几乎就在头顶上，出现了一个“小太阳”。

预定的地点是在后面，我们刚刚走过的地方。”克里斯高兴地对阿里喊道。

“我们开回去！”克里斯说完，两个人再次上车，将车开到了阳光照耀的地方。克里斯下车调整了月球车上的太阳能帆板，让它的法线方向指向头顶的“小太阳”。

不一会儿，可以看到电池中的电量开始增加。不到两小时，电池中的电量就达到了满电状态。之后，他们继续向北急速行驶。

十六

向月球雨海旅店通报了月球车失踪的情况后，詹姆斯坐在办公室里陷入了深思。首先，他对值班人员的疏忽非常生气，已经将其撤职，明天就将其送回地球。其次，他对地面部门对旅客的审核不严格也很失望，这样的旅客居然能够通过审核。他现在已经知道，偷月球车的是预订了同一个房间的两名旅客——克里斯和阿里。

尽管他不知道这两个人偷了月球车要去干什么，但是他预感和这次中国邀请安理会到月球上开会有关。要不他们的局长和苏佩丽怎么会那么着急地专程来一趟呢！

刚刚詹姆斯接到了苏佩丽的电话。在电话中，苏佩丽明确表示，偷月球车的人很可能是为了恐怖袭击，中方已经有所准备，希望詹姆斯也加强警惕，防止进一步的破坏。

但是即使这两个人偷了车，他们能干什么呢？他们总不能把车开到雨海旅店去搞暗杀吧。雨海旅店在北半球40度呢，距离这里几千千米，而月球车即使满电，也只能开出80千米就得掉头回来，不然就死定了。可开出去80千米能干什么呢？

想到这里，詹姆斯一点儿也不急了，他也不想派人出去找他们。他等着这两个人自己回来再收拾他们。他让全体员工做好准备，随时准备着“迎接”这两个人的归来。

此前，他已经向地面的公司总部做了汇报，请他们向联邦调查局了解这两个人的背景，并向上级请示，等这两个人回来后应如何处置。

他也告诉苏佩丽，如果克里斯和阿里回来了，他会立即和中方联系。

十七

1755航班和月球轨道中转站对接了。上面除了一名驾驶员，没有其他乘客，他的这趟任务就是从中转站把美国代表团接到雨海旅店。

美国代表团由四人组成。美国代表团中除了国务卿约翰作为团长，常驻联合国代表为副团长外，另外两名外交官都会一些中文，联合国在这趟行程中还安排了一个中文的同声传译和他们同行。他们经过两天的地月航行，已经进入了中转站。他们一行人之前都没有到过月球，所以非常兴奋，在驾驶员的引导下，在月面往返飞船里一一进入座位，系上安全带，但是头盔上的面罩并没有扣上。因为只有出现危险时，这套航天服的功能才会被用上。

“约翰，我昨天给您的发言稿您看完了吗？”常驻代表问国务卿。

“看了，但是目前的形势变化很快，第一号飓风并没有在弗吉尼亚登陆，正在逼近纽约。如果在弗吉尼亚登陆，即使造成了一些损失，影响也会小一些。但是如果在纽约登陆，无论会不会造成损失，影响都会远远大于在其他地方登陆。民主党正在为此大做文章呢。”国务卿既是在回答常驻代表的提问，也是在自言自语。

“我们到了以后，就是北京时间晚上了，您需要休息吗？还是我们先讨论一下？因为明天上午就要开会了。”常驻代表不放心，继续问国务卿。

“我们如何发言和投票，其实原则是确定的，但是需要与国内的形势变化保持一致。你在北京时间明天凌晨，也就是我们的晚上，和国内通一次电话，听一下最新的动态，如果总统有指示就告诉我，我直接和他通话。”

“好的。”常驻代表放心了，这次会议有国务卿来发言，思路由总统来定大局，比起往常可轻松多了。

“还有，”约翰突然说道。

“什么？”常驻代表刚放下的心又紧了起来。

“就是通信的保密问题，我们可以用量子秘钥吗？”约翰问道。

“哦，这个早就核实过了。是的，他们可以在这里接收我们从美国分发过来的密钥，因此，我们和国内的通信是加密的，可以放心使用。”

“那就好。”

这时，飞船已经离开了中转站。

透过舷窗，可以近距离地观看月球的景色。一个一个的环形山从眼前掠过。飞过月球日夜交界的地方时，这种环形山从窗外掠过的感觉更加强烈。

上层座位坐着驾驶员，那个中文同声传译，和一个会中文的美国外交官。他们的对话全部都是用的中文。

“雨海旅店这次是不是只有安理会会议的代表，没有其他旅客了吧？”美国外交官问道。

“是的，因为这次会议级别很高，中国政府决定将这几天的房间全部包了，没有其他旅客了。”驾驶员一边回答，一边看着仪表盘。这和平时不太一样。如果是平时，所有程序都是自动的，基本上无须操作。

“旅店中的餐厅是西餐还是中餐呢？”外交官继续问，他在为代表团的安全、起居等收集相关的信息。

“我们有全世界各种口味的餐食，但是基本上是依照菜谱加工的。只有中餐是根据厨师的水平，可以自我发挥的口味。你不喜欢中餐吗？”驾驶员反问道。说到这里，他又看了一下仪表盘，目前已经快到他需要手动关掉激光高度计的时候了。他需要在关机前记下高度数据，在开机后比较一下，看看是否相似。如果相似，就表示高度计工作正常；如果不相似，他就需要启动全手动的降落模式，人工启动反推火箭。

“我喜欢中餐，但是有时也会感觉太油腻了一点儿，因此最好是西餐中餐交替着吃，哈哈哈。”外交官说完笑了起来。

“我在美国长大，但是在中国学中文的时候，喜欢上了中餐，我特别喜欢吃中餐里的各种面食。”联合国的那名同声传译这时也插话说。

驾驶员这时正在记录高度数据，他写下了81.335千米，然后将激光高度计关闭。

飞船平稳地行驶，没有遇到任何异常。5分钟后，驾驶员又将高度计打开。等待了1分多钟，数据开始有一点儿跳动，但是半分钟后，高度数据稳定在81.323千米和81.318千米之间。这是正常的数据，因为飞船下的高度随时会有变化，最后那几米的数据总是在跳动的。驾驶员感觉一切正常，就给雨海旅店发了一条短信息：“一切正常。”

十八

在月面上，克里斯和阿里正在月球车上接受第二次能源供给。电站反射给他们的阳光明亮地照在他们身上。两个人面对面站着，尽管因为戴着头盔和全反射式的面罩，相互也看不见对方。但是他们还是用一个“V”字形的手势，在相互庆祝着。他们认为自己完成了最伟大的历史使命。刚刚，他们操作激光通信机，向正北方向地平线上45度仰角方向连续发射了5分钟的空白通信脉冲信号，峰值功率达到了10的15次方瓦特。这样的峰值功率足以让飞船激光高度计里面的传感器受损，甚至永久失效。飞船的自动驾驶系统就会误读高度数据，提前或者推后启动反推火箭，使飞船坠毁。这样的例子在历史上有很多个，比如NASA曾经在软件中将公制和英制单位搞错，使一个火星探测器坠毁在火星表面；又比如欧空局（即欧洲航天局）曾经在第一次发射“阿丽亚娜5号”火箭时，用了原来“阿丽亚娜4号”的起飞软件，由于5号的起飞速度和4号不一样，致使系统误判，以为发射失败就启动了自毁装置，导致4颗科学卫星的发射全部失败。

两个人似乎已经看到了，美国国务卿乘坐的飞船在雨海旅店附近坠毁的样子。他们心中充满了神圣的使命感和胜利的喜悦。

电池充满后，他们启程返航了。

返航的路径同来的时候一样，他们只需要找到来的时候的车辙就行了。

就这样，他们顺利地到达了第一次充电的位置。两个人的心情都很愉快，他们开始琢磨，回到南极站后如何应付站上的处罚。两个人商量好，一口咬定，就是想出去兜风，结果走得太远了，找不到回家的路，所以在外面待了3天才回来。

他们决定任罚，反正组织上可以保证他们的经费。其实他们最关心的，也是最想听到的，还是美国国务卿搭乘的中国飞船失事的新闻。想到这里，他们开始迫不及待地往回开。

十九

美国国务卿一行的飞船顺利地到达了雨海旅店，联合国秘书处和中国外交部的人员都在旅店前台迎接他们。站在远处楼道中的，还有张军和苏佩丽。他们悬着的一颗心终于可以落地了。至此，15个成员国的代表团都已到位，唯一没有到达的就是A副总理和他的随员。外交部有意识安排A副总理最后一个到达，以避免他不得不去迎接各国首脑和美国国务卿。

张军将专程到中转站去迎接A副总理，他还要在路上向A副总理汇报这里的一些情况。

借此机会，苏佩丽要去处理另一件事。上午到达的太平洋岛国代表团的一个成员——陪同总统来的总统办公室秘书长，一直在打听美国青年麦克。张经理向苏佩丽报告之后，引起了苏佩丽的警惕。麦克回去已经快一周了，还真有人来找他，应该就是那个“行星地球党”的人，说明他们并不知道麦克的情况，以为他还在这里呢。

但是他们要干什么呢？经过情报分析，并没有发现这个党有过什么极端思想和行动。相反，他们一直在推动绿色能源的使用，积极支持联合国严控二氧化碳排放的行动。李司长等人判断，也许他们是针对美国国务卿的，不希望美国在会上投反对票。但是为了预防万一，李司长还是安排了人登月，配合张军和苏佩丽，根据情况随机应变，重点是要确保美国国务卿的人身安全。

现在，美国代表团安全到达了，张军又去接A副总理了，苏佩丽就抽出时间找张经理了解详细的情况。

在张经理的小办公室，苏佩丽在和与艾克森交谈的那个职工了解情况。

“那个人，就是太平洋岛国的总统办公室秘书长，他的职务是我后来问了外交部的同志才知道的。他中午一到餐厅就拉着我问，我当时正在帮厨。”职工在介绍当时的情况。

“他说一口流利的英文。他问我，那个叫麦克的美国义工在哪里。我就问，你是谁？他说他是麦克的朋友，想见见他。我告诉他，麦克是在这里滞留过，但是我们并不需要他，他就下去了。听到我说完这些，那个人好像很惊讶。”职工说到这里，停了下来。

“后来呢？”苏佩丽问。

“后来他就走了。我把这件事儿向张经理报告了，经理让我找他，问问他有什么事，我们可以试着给麦克带个信。我回到餐厅，他还在那里吃饭，我就告诉他了这个。他想了想，说算了。”

“就这些？”苏佩丽问道。

“就这些！”

“好吧，你先去忙吧！”

苏佩丽看着张经理，张经理也看着她。两个人都在想，如何才能知道他们到底要干什么呢？“你马上通知地面客服部，请他们查一查这个秘书长在不在我们从前的旅客名单中。”苏佩丽对张经理说。

与此同时，苏佩丽去找李司长派上来的那个人报告了情况，也请他们进一步了解一下艾克森的背景。

不一会儿，两边的消息都来了。艾克森确实到过月球，是雨海旅店3年前的客户。国安部门那边也确认了，艾克森是行星地球党的党员，是个有军方背景的政要，但各方面都没有什么劣迹。

二十

时间已是深夜，苏佩丽在旅店的主通道里慢慢地来回走动，她在等张军。张军这时还在A副总理的房间里，与外交部的同志一起汇报工作。

根据各国所处的时区，为了尽量避免相互打搅，经过与外交部请示，苏佩丽把相近时区的代表团，比如美国、加拿大和部分联合国秘书处的代表安排住在一个区域，把欧洲的几个国家的代表安排住在一个区域。这时她刚好走过美国和加拿大代表入住的区域，透过通道的玻璃门，可以看到很多房间都开着门，有人在走来走去。也许是他们因为时差睡不着，也许是因为他们正在看地球，这时的地球正好是他们的时区的正午，正对着雨海旅店这里。

中国代表们，加上工作人员，住在最北面的区域。除了A副总理还在听汇报，其他房间都已经安静下来了。

这时，张军走了出来，苏佩丽焦急地迎了上去。

“好吧，你赶紧说说情况。我们需要尽快做一个方案。”一见到苏佩丽，张军就迫不及待地说。

“是的，就像之前简要说过的。那个艾克森就是要和麦克接头的人，是行星地球党的党员，根据李司长的判断，他们的主要目标是美国国务卿。但他们采取过激行动的可能性小，最大的可能性是想促成这次会议关于进一步加强二氧化碳减排的提案的通过。如果是这样的话，我们应该支持他们，只要他们的行为不过激。”苏佩丽一边说，一边和张军来到了张经理的小办公室。张经理正在这里等着他们的进一步指示。

“刚刚外交部的同志分析过了，那个议题通过的可能性比较大。一个重要的原因就是大西洋第一号飓风正在给白宫造成巨大的压力。如果他们在这个时候像前两次那样再次使用否决权，就会失去更多人的支持，包括他们国内的。但是，我们也需要把最坏的情况考虑到，就是那个艾克森，是个军人吧，万一美国使用了否决权，他一怒之下会不会动手？”张军说到这里，看着苏佩丽问。

“这个很难说，如果没有什么行动，他们为什么要麦克协助呢？”苏佩丽猜测着。

“因此，我们需要有人坐在他们后面，见机行事。”张军接着说。

“可以明天开会时在美国代表团后面再加一把椅子，请李司长派上来的那个人坐在那里。”苏佩丽同意道。

“如果美国代表团问，就直接告诉他们是我们安排的维持会场秩序的保安。”张经理也同意。

“好的。”张军很满意。

“佩丽，我们旅店的Wi-Fi不是也为会议开通了吗？”张军问。

“是的，每个房间里都有说明，用手机可以搜到，没有密码。但是不能连接地球上的互联网，唯一外面的信息就是我们转发的地面上的新闻，同餐厅电视屏幕上的文字新闻一样。”苏佩丽说道。

“那就重点转发一下大西洋第一号飓风相关的新闻，和美国国内各地游行的新闻，一条不漏。这个忙我们还是可以帮的。”张军说到这里，不自觉地笑了起来。

“哈哈哈，是的，我看你也快成那个党的党员啦！”苏佩丽也忍不住开起了张军的玩笑。

“那就这样，我们赶紧休息吧，明天一早还有一系列的重要活动呢。”张军说完，突然又想起了一件事。

“对了，刚刚A副总理指示，我们明天早上早饭前，先搞一个自己的升旗仪式，要先把我们的国旗升起来。我来主持，你们都参加。”

“好的，国旗和国歌都准备好了，我们有25套舱外航天服，足够我们自己用了。但是会议结束时的升旗仪式，我们需要分两批搞，每个国家最多派三个人参加。”苏佩丽说道。

“这个我也和外交部说了，他们认为可以，但是联合国秘书长两组都参加。”

“好的，今天大家都累了，赶快休息吧！”张军也露出了疲惫的神色。

三个人就都回到了各自的房间休息。

二十一

这时的美国月球南极科考站，正值中午，詹姆斯有点着急了。都三天整了，那两个人仍然没有回来，他们一定是死在外面了。他心里不断地这样想着。

尽管苏佩丽中间来过两次电话，询问情况，并告知偷车的人的动机和恐怖袭击有关。但詹姆斯始终不信，南极站距离中国的月球旅店那么远，那两个人到底能干什么？

如果这两个混上来的小偷死了，詹姆斯倒不在乎，他更在乎他的月球车？他琢磨着：好几百万美元一台呢，就这样丢了，我怎么和公司交代啊！为此，他已经派驾驶员开着另一辆月球车出去找了两次，但都无果而回。

他再次把驾驶员找来，“兰，你估计他们会到哪里去呢？要是想兜兜风，早就应该回来了，都三天了。”他问的时候，并没有说苏佩丽告诉他的什么袭击的事情。

“我们的车上有备用流体食物，足够他们生存三天。唯一不可思议的就是能源，车上的能源不能开太远，三天，绝对不可能。不过如果他们开到一个什么地方，然后停留在那里不动，还是可以生存的。”驾驶员分析得很清楚，令詹姆斯冷静了下来。

“苏佩丽他们上次来，好像是说一个用户预订了他们能源公司的太阳能，那估计就是这两个人，他们预订了三次，说明他们三天里面可以走很远。他们干什么去啊？还花钱订了太阳能。现在三天已过，他们应该回来了啊！”詹姆斯再次陷入了深思。

“我再出去找找，也许他们迷路了，困在了哪里，我可以把他们带回来。我们的车上都有无线电信标机。只要车还有电，信标机就会工作。哪怕一丁点儿电，信标机都能工作。上两次我没有使用信标接收机，主要是因为没有带定向天线，无法定位，这次我带上定向天线再试试看。”驾驶员提议道。

“好吧，你再找找看，但是一定要注意安全，不要走太远。”詹姆斯同意了。

一个小时后，詹姆斯收到了兰从外面用激光通信机打来的视频电话。

“找到了。我通过信标机发现他们在南极站的西南方，大约16千米处。显然，他们走错了方向，越走越远了，车上的电瓶只有1%的电量，不能再开了，但是信标机还在工作。两个人都已经完了，他们航天服上的仪表显示已无生命指征。他们两人躺着组合成一个‘V’字形，‘V’字的顶点朝向地球方向。”说完，兰把车上的摄像机镜头对准了

他们两人躺着组合成一个“V”字形，“V”字的顶点朝向地球方向。

那个“V”字形，詹姆斯从视频电话的屏幕中清晰地看到了两个穿着航天服的人躺在那里，组合成的“V”字。

第七章 辩 论

一

5月20日早晨，从6点开始，雨海旅店的餐厅里就已经有人在用餐了。

到昨天半夜为止，安理会成员国的代表们已经全部到达。昨天上午到的代表，还在下午参加了室外行走的项目。现在，那些时区早于北京的国家的代表们，比如日本、澳大利亚和太平洋岛国的代表们，由于时差的关系，醒得早，都早早来到餐厅吃早饭。他们交换着昨天到达以后看到的各种景色和体会。

“大家早上好，我们在哪里？经过差不多两天的太空飞行，我们不在地球上，而是在月球上，这个是真的！我早上醒来，还以为我在地球上，从床上站起来的时候用力过猛，几乎跳了起来！”联合国秘书处的一名女职员在餐厅门口碰到人就说，惊叹着自己的感觉。

“早啊！昨天晚上我走进房间时，看到那个大大的、蓝色的地球就在眼前，简直不敢相信。这个旅店很用心，房间小桌子上的便签本上印着一行字：‘请记下你在这里的感受’。昨天我写了好几页，等我回去就发给我们报社。”澳大利亚代表的随员和那个秘书处的职员一样感叹着。

餐厅里，太平洋岛国总统阿鲁端着餐盘，慢慢地走到已经坐下了的联合国秘书长的助理旁边，“早上好！助理先生，昨晚您看到纽约了吗？”他边坐下边问道。

按美国的时差，助理并没有休息好，但是为了准备今天上午的会议，他也起得很早。“是的，我看到了，非常担心，那个第一号飓风正在逼近纽约，比我们在电视上看到的NOAA电视图像更清晰，我甚至看到了它的旋涡在旋转。”

“我刚刚看到了我们的国家，她太小了，几乎快被太平洋淹没了。但是当我用望远镜看时，可以看得很清楚，那里有我们国家5万人民。”阿鲁说话时特别强调了他们国家的人民，尽管那是他的想象，并不是真的看得到。

“我昨天仔细看了那个第一号飓风，连续看了3个小时，看到它正在向纽约方向移动。”岛国总统办公室秘书长艾克森，在总统旁边坐下后说道。

“那也许是你想象的吧，3个小时它移动不了多少。”说话的人是日本外务省的随员。

这时候，餐厅里的人逐渐多起来，变得熙熙攘攘的。由于大家仍不适应在弱重力下行走，不时地可以看到有人摔倒，引来阵阵笑声。按照北京时间，餐厅到8：30前都开放。因为上午的会议是9：00开始，所以餐厅将在8：30关闭。这时是7：30，正是餐厅人最多的时候。

另一张桌子旁，一个巴西代表正在伤感地说：“我昨天看到了巴西，我们的国家很大，但是当我看到亚马孙雨林的时候，我很悲伤。”

“怎么了？”他旁边的人问道。

“去年发生的森林大火，将大片的雨林化为灰烬。我看到那些黑色的地方，那些燃烧留下的灰烬，非常伤心。”巴西代表说。

“我看到了我们国家上空的污染，近些年不断加剧，从这里看得非常清楚。”同样表示伤心的是伊拉克代表。

“你们昨天晚上看到大西洋上的第一号飓风了吗？”问话的是刚在旁边坐下来的加拿大代表。

“我半夜睡不着，看了好长一段时间的地球。大西洋上的第一号飓风正在向美国西海岸移动，如果再向北就会到加拿大。我来自魁北克，我们那里以前很少受到飓风影响，近些年也开始每年都会有飓风带来的暴雨了。”他皱着眉头继续说。

“预报说这个飓风将在纽约登陆，不会到魁北克的。”巴西代表安慰他。

二

阿鲁和艾克森吃完早饭，走出了餐厅。艾克森将一份文件递给总统阿鲁，“这是今天会议的第一个议题，以及我们的发言要点。根据您昨天的指示，我已经修改完毕，建议在会前您还是看一看。”艾克森说道。

这个议题是关于基于大数据的人工智能政府管理体系的。太平洋岛国是一个小区域，应该说比较容易实施，并有助于减少政府开支。阿鲁原则上是持支持态度的。但是在出发前的碰头会上，岛国驻联合国的总代表将最近的穿梭外交情况做了汇报，阿鲁感到事情不简单，就让艾克森再修改一下他的发言要点。

阿鲁回到房间，看了一下新的发言要点，才了解到大的国际政治背景。

几个月来，在联合国安理会各国代表之间进行的穿梭外交表明，对即将在定期会上讨论的两个主要议题已经分为两大派别：一个是以中国为主的部分成员国，其中既有发展中国家，也有发达国家；另一个是以美国为首的部分成员国，其中也有个别发展中国家。

对第一个议题，中国为首的这一派的主要观点是，人工智能管理政府一定是发展方向，但是目前全面推行，为时尚早。如果现在过早地在全球推动，就会在应用人工智能软件的国家内部造成矛盾。这是由于软件中内嵌的文化理念和判断几乎都来自美国研究学者，他们在伦理判断、发展决策判断上，均基于所谓的西方主流的文化传统。而这些文化传统，在近50年来已经被证明并不能包治百病。如果西方以外的其他国家使用基于这些人工智能模型建立的管理软件，将在政府决策中无形中带有西方文化的色彩。一旦出现问题，人工智能模型的反馈将很慢，因为它决策时依据的大数据库，均来自美国试验区的经验。如果采用所在国或地区的数据，其数据量又不够大，也无法确保做出正确的决策。因此，还需要更多的本地数据的训练和积累。总之，目前从试验进入全面推广使用，为时尚早。

而以美国为首的部分国家认为，基于大数据的人工智能管理在美国和部分西方发达国家的试验阶段已经结束，进入到推广使用阶段。从目前试验的经验来看，这个系统可以大量减少政府工作人员，与市民的接口有90%可以被机器人终端替代。终端能识别每一个公民的身份，并判断他的需求和特点。人工智能可以动态采集和分析经济发展数据，对企业和城市管理做出实时的判断，并提出建议。在美国已经有70%的州开展了这项试验，99%的试验结果反馈都是正面的。根据目前全球各国出现的具体问题，这个软件的研究团队认为，人工智能可以提供最优的解决方案。并且它只需要少量的本地数据，通过与大量已有的库中数据结合，就可以调整政策指向，适应不同国家、不同文化的特点，做出相应的决策。

对第二个议题，阿鲁比较清楚，以中国为首的大多数国家认为，全球气候变化已经到了对碳排放必须坚决予以遏制的关键节点。这主要是基于近10年来全球气温加速升高，与此相对应的二氧化碳排放也呈现出相同的指数上升，可以说明两者之间的相关性。因此，应该继续加大对碳排放的遏制，制定新的规则。受新的规则影响的主要是美国和几个化石能源的生产、使用大国。

美国为首的几个国家，认为地球系统在历史上也曾出现过高温期，那时地球就承受过如此的变化，因此不用改变目前的生产方式和生活方式，否则会带来其他社会问题。

经过穿梭外交，两派观点相对明确，各不相让。由于中国和美国都是安理会常任理事国，可以使用否决权，所以这两个决议都存在无法通过的风险。

三

艾克森把发言要点给总统后，就回到了自己的房间。他在出发来月球参会前，和爱德蒙通了一次很长的电话，主要内容就是如何确保美国不使用否决权。最后确定的行动方案是，由艾克森出面，再加上麦克，和林德谈一次话。他们估计以艾克森的身份，约不到美国国务卿。谈话时，艾克森强势代表太平洋岛国，以及国际上支持进一步严格减排的力量，给林德施加压力；而麦克则代表美国国内势力，表明大众的态度不容许美国再使用否决权。必要时可以声明，近期在美国此起彼伏的大规模的游行示威，就是行星地球党组织的，麦克就是代表该党来提要求的。麦克可以现身说法，强调他在月球上的这一年里所看到的地球变化是何等剧烈。同时，爱德蒙指示，如果第一号飓风在纽约登陆了，要尽量利用好这个大形势。当然，艾克森还要利用好岛国总统发言的机会，强烈表达岛国人民的诉求。

对这个方案，艾克森是赞同的。但是他还提出了一个更激进的补救方案，那就是如果美国执意使用否决权，为了给他们一个教训和压力，也是为了给下次做好铺垫，能否让麦克以美国公民的身份闹一下会场，比如冲进去，攻击一下美国国务卿，通过身体动作提出抗议。很多国家议会都曾发生过肢体打斗，这是吸引公众眼球的一种有效的政治做秀。这个激进的补救方案也许会对下次安理会再次讨论这个议题有好处。

对艾克森这个提议，爱德蒙在电话里犹豫了好久。他犹豫的主要原因是，行星地球党的宗旨不应该靠暴力来实现，领导人类不需要用暴力。因此，爱德蒙最终还是没有同意这个提议。

登月以后，艾克森发现麦克已经不在这里了。原定的计划该如何调整，昨天他想了整整一夜。他不能用太平洋岛国的名义给爱德蒙打电话，只是发了一封邮件，向爱德蒙报告了一下情况，目前还没有收到回复。看来他得自己决定如何干了。

第二个议题按照安排是在下午，艾克森决定中午去找美国常驻联合国代表林德。虽然独自前去，力量稍显薄弱了一点儿，但是至少可以摸一摸他的底，看美国是不是要使用否决权。

最后，如果美国真的使用了否决权，艾克森想代表太平洋岛国，而不是代表行星地球党，教训一下美国国务卿。这个他不用向爱德蒙请示，代表太平洋岛国，代表5万将被大洋淹没的国民，总可以了吧。对，就这么办！

艾克森在房间里转了一圈，可以作为“武器”、哪怕是威胁一下美国国务卿的东西都没有找到。最后，他走进洗手间，拿了一支牙刷，揣进裤兜里，走出了房间。

四

北京时间上午9点整，联合国安理会2069年上半年定期会议在中国月球雨海旅店正式召开。

5月20日，正值月球月夜的中间，蓝色的地球悬挂在正南偏东半空中。旅店以及附近的月球环境被从地球反射来的光线照得柔和而寂静。透过旅店建筑侧面的大落地窗，可以看到室内的会议桌旁，围坐着来自15个安理会成员国的代表，依次是：澳大利亚、巴西、丹麦、俄罗斯、法国、菲律宾、加拿大、美国、尼日利亚、日本、太平洋岛国、坦桑尼亚、伊拉克、英国、中国。每国代表面前放置着一小面该国国旗。坐在桌子最尾端的是联合国秘书长，他的面前放置的是联合国国旗。其中提高外交级别的代表有巴西副总统、丹麦总理、法国总理、尼日利亚总理、太平洋岛国总统、美国国务卿和中国副总理。

各国代表的身后坐着各国的代表团成员。此外，还有三个身穿保安服装的人，坐在最后一排。其中一个就坐在美国代表团后面，另外两个均匀分开，有一个恰好就坐在了太平洋岛国代表团的后面。

张军和苏佩丽坐在旁边的小会议室里，和那些同声传译们一起，看着会场里的视频图像。

当月轮值主席国是法国，因此会议由法国总理主持。

“女士们，先生们！时间到了，我们现在开会。首先，请容许我代表所有成员国，感谢中国政府的邀请，今年的定期会议来到了月球雨海旅店召开。”法国总理的开场白得到了全体与会代表的响应，大家热烈地鼓起掌来，对中国代表A副总理行注目礼，掌声持续了大约一分钟。A副总理同样也微笑着和大家一起鼓掌，并频频点头致谢。

掌声停下来后，法国总理开始说道：“我们都事先收到了秘书处发给我们的会议日程和相关议题的文件。日程的第一项议程，就是讨论这个日程。请问对这个会议日程，有什么修改建议吗？”

“我有一个建议。”说话的是美国国务卿约翰。

“请讲。”法国总理把头转向了约翰。

“大家知道今年是人类第一次登上月球100周年，尽管到7月20日还有两个月，但是安理会就在月球上召开，因此我建议在日程中增加纪念阿姆斯特朗代表人类踏上月球100周年的活动。”约翰提议道。

“请问大家是否同意这个建议？”法国总理一边问，一边看中国A副总理的眼色。他不知道这个要求对会议承办方有没有为难的地方，想通过眼神了解一下，后面他该如何回应美国代表的这个要求。

“我支持。”日本代表表示支持。

“我也支持。”加拿大代表也表示支持。

“好的，我们可以增加这个议题。但是以什么形式纪念，我们需要中国代表的表态，因为中国是东道主，纪念的形式如何搞，需要我们的东道主同意和协助。”法国总理一边说，一边看着A副总理。

“是的，我们实际上已经为此事做了安排。”A副总理不慌不忙地说。

“今年是人类登上月球100周年，我们又在月球上开会，当然应该纪念一下。为此，我们已经做了安排。在明天下午会议结束前，我们安排了一个成员国在月球上升国旗的仪式，每个成员国一个旗杆，国旗也准备好了。100年前美国在月面上竖起了第一面国旗，100年后，安理会15个成员国都在月面上竖起了各自的国旗，表明人类没有停止迈向太空的脚步，我们有了很大的发展。这是对人类登月100周年的最好纪念。”A副总理的话音刚落，全场就响起了热烈的掌声。

“真没想到东道主中国安排得这样细心，我们如果能把国旗在月球上升起来，那真是太好了，一定要将视频、照片实时传回国内去。”巴西代表情不自禁地说。

“中国昨天已经和我沟通了这件事，我认为他们安排得很细心周到。如果大家同意这个建议，我马上安排重新打印日程，发给大家一个新的，包括这项活动的日程表。”秘书长接着说。

“同意！”“同意这样的安排！”几乎所有的代表都异口同声地表态同意。

美国国务卿有些惊讶，他没想到中国组织得如此周到。这样安排当然很好，没什么可说的，“赞同”，他也明确表态。

“好的，那我们开始讨论第一项日程，就是关于全球人工智能治理的建议。根据秘书长给我的发言顺序单，首先请议案的提出方美国代表团发言。”法国总理继续主持会议。

美国国务卿坐直了身体，拿出发言稿。

“女士们，先生们，大家好！各位代表，关于全球人工智能治理是我国在认真评估了我们近5年来的区域试验的结果的基础上提出的。从5年前开始，我们首先在10个州的部分城市进行人工智能治理试验，取得了大量的经验，政府决策的有效性和针对性有了很大的提升，经济增长曲线也有所提高。特别是减少了政府直接雇佣的人力资源，同时扩大了就业需求，政府因此而分流的多余人力，也有了新的工作岗位。这一套人工智能的决策体系是基于科学研究的结果建立的管理模型，具有长期以来在各个城市采集的基础数据。我们认为，如果将这种管理方式推广到全球，将大大提升各国政府的管理水平，促进经济发展，从而达到减少冲突、消灭贫困的目标。”约翰一口气将发言稿念完。

“下面请中国代表发言。”主持人继续按发言顺序点名。

A副总理拿起手中的发言稿，开始发言：

“女士们，先生们，大家好！各位代表，刚才美国代表的发言简要地介绍了全球人工智能治理系统的经验，我完全赞同这些经验，并对他们的成功试验表示祝贺！在中国，我们也开始了类似的试验，比如在广东和广西我们各选了一个地区，在黑龙江和内蒙古也各选了一个地区，这些试验给我们提供了一些有意思的经验。第一，即使在一个国家内部，由于地域的差别、民族文化传统的差别，我们也必须采用有差别的人工智能模型。经过5年的试验，这四个地区的模型都在发生演化，和5年前相比，已经出现了很大的不同。但是这些演化并不完全是由人工智能自己完成的，需要政府管理人员的监督和校正，因为原始模型无法判断文化和理念上的对错。原始模型的产出指标只有经济产出和社会安定与和谐两个衡量维度。由于这方面的经验我们仍然在摸索，我们认为过早地向全球推广，特别是在联合国的倡导下向全球推广，会引起文化差异比较大的国家和没有能力自我干预、调整人工智能模型的国家出现应用偏差，将这些国家和地区带入新的陷阱。”A副总理最后结束时又说，“因此，我们的具体建议是不以联合国的名义来推广，而是由希望采用该系统的国家和系统提供商一对一地谈判，决定是否推广以及如何推广。”

后面的发言基本上就是要么支持美国，要么支持中国的表态，支持美国的大概占了一半。看来大家对马上应用人工智能来进行政府管理，还是缺乏基本的信心。

“好吧，我们需要对此议案进行表决，做出最后的决定。请同意这个提案的代表举手。”法国总理自己也举起了手，同时又数了一下举手的国家。

“8票。”他报出了票数。

“不同意的请举手。”他又数了一下。

“6票。”他报出了反对票数，他仔细看了一下，没有常任理事国。

“弃权的请举手。”他看到只有1人举了手。

“1票，好的。总共是8票同意，6票反对，1票弃权，没有常任理事国投反对票，所以，该提案没有通过。”

距离通过决议还差1票。因为安理会的决议需要9∶6才能通过，目前是8∶7。

“第一个议题讨论结束，现在休会。”法国总理的表情显然有一点儿沮丧。

五

时间已近中午，大部分人都到餐厅去吃饭了，美国国务卿心情不愉快，他回到房间，向总统报告情况。

不一会儿，电话接通了，他听到电话那边传来总统咳嗽的声音。

“对不起，总统先生，很抱歉在半夜（注：当时地球上美国正是半夜时分）打搅您。这里的讨论不顺利，我们的提案差1票，没能通过。”约翰略带悲伤地说。大约过了5秒钟，他听到了总统的声音。

“我差不多估计到了，这不是也和你们事先估计的差不多吗？甚至还好一点儿，因为中国并没有使用否决权，对吗？”

“是的，还有法国也支持了我们，尽管事先他们没有明确表态。但是中国的态度很明确，他们的试验区的结果表明，文化、民族、地区差异会影响人工智能治理系统的使用，人工智能模型需要再做进一步的实验。”又过了大约5秒钟。总统的声音才传过来。

“是的，我们的模型和他们的模型不完全一样。也许我们开发得更早一些，理论更成熟。因此，我们应该加强和他们的沟通，把我们的模型输出给他们，让他们试验。比如可以先输出到香港，也许我们的模型在那里可以展现出优势，然后再说服他们改进他们自己的模型。你说呢？”

“这是个好主意。我来负责接洽，说服香港先使用我们的模型。”就在这个瞬间，约翰发现，他在回答总统的问题时并没有等待，是因为总统每到最后都用了个疑问句，使得他马上可以回答。这个就是让他开始说话的信号。总统好聪明啊。就在他想这个的时候，总统的声音又传过来了。

“我们也可以接受他们的模型，在我们选择的城市，比如夏威夷做实验。这样，我们就可以让这个人工智能政府管理系统尽快成熟，并和中国协同合作，向世界其他国家和地区推广。你说对吧？”

“是的，我们采取更开放的态度，他们也许也会采取相应的态度。这样明年我们再提出这个议案，就可能会顺利通过了。同意。”约翰开始使用“同意”这个词来表示他说完了。显然，这加快了总统回答的速度，因为总统也可以马上做出判断，对方已经讲完，该自己讲了。果然，这次是不到3秒钟后，总统的声音就传来了。

“关于你们那里的第二个议题，我这里有新情况。首先，第一号飓风马上就要到纽约了。纽约市正在加强对围堤的检查，上次围堤被冲垮是5年前，有上万人被疏散。这次的风力更大，可能造成更大的损失。民主党议员已经在策划众议院的倡议书。各大城市的游行示威有增无减，纽约市更是闹得厉害。我们的压力很大，估计明天你那里压力也很大。从你前期汇报的情况看，只有3个最多5个国家支持我们不再增加减排的力度，因此，如果我们不使用否决权，通过的可能性很大。是这个情况吗？”

“是的，这次飓风来的不是时候，正好大家又都在月球上，可以直接看到这个飓风的尺度和移动方向。我半夜睡不着，就看到了，真是很大，边缘已经快到纽约市了。”约翰忘记说一句结束语了。他又等了大约5秒钟，总统的声音才过来。

“这个会对你们投票产生影响。我们的态度还是偏保守一点，视情况而定，但是可能我们不能再使用否决权了，不过我们也不能投赞成票。如果使用否决权，我们会失去国际舆论的支持，受到绝大多数国家和媒体的攻击，给美国的形象带来负面影响，更不用说国内的左翼势力和选民了。但是如果我们投赞成票，我们就会失去我们的基本盘，也就是国内大多数保守势力的支持，中产以上阶级的支持。如果失去基本盘，我们的根基就会动摇，因此，针对目前这次会议的背景——大飓风和月球，我们最佳的方式只能是投弃权票。你说呢？”

“是的，如果我们这次再使用否决权，估计我们的支持者就会更少了，我是说在国际上。在国内，我们也会受到猛烈的攻击。如果我们投赞成票，在国际上问题不大，甚至会改变我们的形象，但是在国内我们会失去基本盘，我完全同意您的观点。”约翰说完，不到3秒钟，总统的声音又来了。

“我已经开始安排几个有关部门，讨论加大阶梯电价幅度和人均住房面积阶梯税负的问题。这个问题会引起我们基本盘选民的反感甚至反对。但是我需要准确的数字，比如多少人每年需要多付出多少，我们才能达到更严格的排放要求？如果付出的代价可以接受，我们还是可以达到这些排放要求的，你说是不是？”

“我完全同意。我在华盛顿特区有公寓，在弗吉尼亚有别墅，但是我可以把别墅的空调自动化设置，在我去的前一天再打开，而不是全年开着，哈哈哈。”说到这里，约翰不由地大笑了起来。因为他觉得这实际上并不难做到，为什么以前他从来不曾这样考虑过呢？

“好吧，你根据情况随机应变，我们的原则我已经讲清楚了，我必须去睡觉了。第一夫人已经两次来催我放下电话了，她又来了！我只能说再见了，拜拜！”总统放下了电话。约翰似乎看到了第一夫人穿着睡衣、站在椭圆形办公室门口很生气的样子。

约翰放下电话，看了一下时间，已经下午两点了。他需要到餐厅吃一点东西，因为下午的会议两点半就要开始了。他打开门，看到常驻代表就站在他门口，正等着他去吃饭呢!

在餐厅，一边吃饭，林德一边向约翰汇报了一件事。刚刚中午的时候，太平洋岛国的总统办公室秘书长艾克森与林德进行了一次会晤。会晤是临时安排的，事先并没有约定。因为艾克森说是要讨论下午的议题，协调一下立场，林德就同意了。艾克森的意图非常明确，就是不希望美国使用否决权，谈话最后还带着明显的威胁口吻。当然，这种威胁的口吻，林德不敢向国务卿转达，只是强调了艾克森的坚决。

说完之后，林德看着约翰。约翰正在思考刚刚和总统的谈话，没有太注意林德在说什么。听到“否决权”几个字，他才明白过来，赶紧问：

“还有谁，哪个国家和我们协调过立场？”

“我们上来之前，经过协调立场，比较有把握的是3个国家支持我们，不同意实施更严格的减排。还有一个可能支持我们的国家，我主动去协调过，但是他们没表态。其他国家，无论是支持我们还是反对我们的，都没有主动和我们协调过立场。这个太平洋岛国是第一个明确来表明态度，不希望我们使用否决权的。”

“知道了，马上要开会了，我们按照总统的指示，随机应变吧。”说完，约翰站起身，离开了餐厅。

六

下午，会议继续，讨论第二个议题。

“女士们，先生们，大家下午好！”法国总理继续主持会议。

“我们下午的议题是关于由中国等国家提出的进一步加强二氧化碳减排的提案。还是按照秘书处给我的发言名单顺序，首先由中国代表对提案做说明。”

A副总理开始了发言：“自联合国2015年通过《巴黎协定》以来，全球各国努力开展能源替换行动，减少化学燃料的使用，中国已于2020年兑现了《巴黎协定》规定的减排标准，到2035年已经完成了35%的清洁能源的替换，目前已经有超过50%的能源需求由可再生能源来提供了，并通过大量植树造林和退耕还林，在10年前实现了碳中和。其他很多国家也都做到了。但是从最近10年的情况看，全球升温出现了进一步的加剧。《巴黎协定》预期的在21世纪末将升温控制在2℃的目标已经明显无法实现了。目前到21世纪末还有30年的时间，但是升温已经达到了1.7℃，如果不采取进一步严格的减排标准，到21世纪末升温将达到2.5℃。根据IPCC以及中国最新的研究报告，这个升温的结果将给地球系统带来严重紊乱，给全球经济和安全带来严重影响。为此，我们建议重新审视《巴黎协定》制定的排放标准，建立基于卫星的更严格的排放核查体系，确保地球系统的稳定和人类生存环境的安全。”

A副总理的声音虽然平静，但是也带着急迫和焦虑，这种情绪也给现场带来了压力。

“好的，下面按照顺序请美国代表发言。”法国总理将视线移到了美国国务卿身上。

“女士们，先生们，下午好！我非常同意刚刚中国代表的发言。全球气候变化的一个重要因素来自人类的活动，这个毋庸置疑，但是来自自然的因素也很多。《巴黎协定》的执行虽然有一些小问题，但还是基本上按照目标来实现的，尽管如此，全球升温仍然在加剧。这就说明不单单是人为的因素，还有其他因素，比如自然的因素。因此，即使再进一步严格控制减排，也不一定能够减缓升温的趋势。但是，却会无意义地造成一些国家的发展减速，会使很多人的生活水平下降。”

显然，美国代表团的准备也是充分的。

“下面请太平洋岛国代表发言。”法国总理继续按名单顺序提示。

“我们非常赞同中国为首的提案，我们国家受到的威胁不是什么发展减速和生活水平下降的问题，我们遇到的是生还是死的问题。近10年来，我们的国土面积已经减少了50%，我们的首都80%已经在海平面以下，目前只能在围堤中生存。如果海平面再上升0.5米，我们全国5万多人将面临灭顶之灾。我们相信IPCC的研究报告，升温主要是大气中的二氧化碳增加引起的，而不是什么其他自然因素引起的。”阿鲁总统的发言简洁有力。

这时，坐在他后面的艾克森在他耳边讲了一句话，他好像想起了什么，就又接着说：“不单单是我们的首都，世界上很多地方都面临海平面上升的威胁，包括美国的纽约市，也有很多居民必须生活在围堤后面。”

这时，美国国务卿举起了右手，表示希望补充发言。

“请美国代表补充发言。”主持人说道。

“是的，纽约也修建了围堤，主要是防止海啸和未来的不测问题。荷兰的阿姆斯特丹在20世纪就已经生活在海平面以下了。我们的疑问是，这个升温是不是仅仅是因为人类活动而造成的？”约翰的发言也是言简意赅。

这时，A副总理举起了右手，表示希望补充发言。

“请中国代表做补充发言。”主持人说。

“我们的提案是有科学依据的。除了IPCC利用全球观测系统的研究报告以外，这次会议也安排了大家去参观我们在月球上建立的观测站。我们月球研究所最近几年的连续观测表明，全球气候变化的趋势和人类持续的碳排放密切相关。我请求主席让这个研究所的研究人员现场对这个问题，以及我们附件中他们的研究报告做补充说明。”A副总理解释并提议。

“请问各位代表对这个提议有无异议？”法国总理环视

了一下现场，没有人提出异议。

“好的，如果没有异议，我们就请月球研究所的科学家对中国提案做补充说明，请不要超过5分钟。”

这时，邹所长从后排站了起来，他走到秘书长旁边的计算机那里，将投影仪打开。

“女士们，先生们，大家好！近10年来我们月球研究所陆续在这里安装了近10台新的观测设备，从月球轨道这个新的角度对地球系统开展了研究。下面我播放一个3分钟的短视频，对刚才中国提案的科学依据做个补充说明。”邹所长说完，开始播放视频。

这个视频显示了全球大气中二氧化碳的分布及其近年来的演化。片中显示了大气中的二氧化碳都是来自哪些主要的大城市上空，其中很多来自美国，中国也曾经是最主要的碳排放国家之一。但是从演化看，有些地区的排放量在减少，包括中国；而美国是持平，并没有明显减少。视频也显示了各国在人均排放上的排名，美国名列前茅。在视频的最后，还展示了利用全球水循环和大气循环模型预测的到2100年时的大气温度和水循环情况，南极的冰雪在夏季大部分会融化，海平面比现在还要高出0.7米。视频结束时，很多国家的代表都神色凝重，包括美国代表团的各位代表。约翰并没有表示出要补充发言的意思。

接下来又有几个国家的预约发言。

艾克森这时有些焦急，他不停地从裤兜里掏出手机来看，有一次竟把那支牙刷也带了出来，掉在地上。他慌忙地捡起来，又揣进兜里。这一切都被坐在他后面的保安看在眼里，并及时发信息告诉了张军。

会场外，张军和苏佩丽迅速地分析着，那支牙刷是干什么的？牙刷其实没有任何杀伤力，也就是能吓唬一下，但如果他将牙刷刺向美国国务卿的面部呢？那将会造成非常严重的国际影响。不行，我们一定要制止他！

张军马上将这个预想通过信息发给了坐在美国国务卿后面的那个李司长派来的人，同时发给了坐在艾克森后面的那个保安，让他们务必确保不发生任何意外。

待需要发言的代表都讲过了，法国总理说："大家的发言结束了，如果没有进一步的补充发言，我们现在可以对第二个议题进行投票表决了。"

这时，艾克森在阿鲁耳边说了什么，阿鲁再次举起右手，要求补充发言。

“请太平洋岛国代表作补充发言。”法国总理表示允许。

“我刚刚得到消息，大西洋今年的第一号飓风已经在纽约登陆了，请美国代表证实一下这个消息。”阿鲁总统提问道。

“这个问题和本议题无关，美国代表团可以不回答。”法国总理显然觉得岛国总统有一点儿跑题了。

“有关系，因为这个飓风来得比以往都早，而且规模比以往都大，和全球升温密切相关。它再次证实了我们面临的环境非常危险。”阿鲁总统不等主持人允许就抢着说道。

“是的，第一号飓风已经在纽约登陆，我们正在全力抵御，以尽可能地减小它给我们带来的损失。”约翰和美国代表团在其他国家代表发言的时候，与艾克森一样，也通过手机Wi-Fi得到了消息，因此他证实了这个信息。

“好的，讨论到此结束。我们开始投票。请同意中国提案的代表举手。”法国总理自己也举起了手，他数了一下，一共10个人，“10票。请不同意中国提案的举手。”他仔细看了一下那3个举手的人，没有常任理事国。“请弃权的代表举手。”这时，他看到美国和另一个国家的代表举了手。他暗中高兴，这次终于通过了。

“现在我宣布，同意10票，不同意3票，其中不包括常任理事国，2票弃权，提案通过。请秘书处提请IPCC做出新的、更严格的减排方案，修改目前仍在执行的《巴黎协定》。”

瞬间，全场响起了最热烈的掌声，几乎所有人都在用力地鼓掌。阿鲁总统甚至站了起来，他和艾克森一起走到中国代表团面前，和A副总理等人热烈地拥抱。

法国总理并没有制止他们。为了让声音压过会场内的喧闹，他把嘴紧靠着麦克风宣布：“本阶段会议结束，现在休会。”

在通道里，艾克森正在第一时间，以太平洋岛国的名义，用中国提供的量子加密通信，向爱德蒙通报胜利的消息。他说：“我们真的做到了，我们代表了人类，我们领导了人类！”

“太好啦！祝贺你！我马上向全党同志通报……”艾克森听到了电话那边爱德蒙哽咽的声音……

在通道的另一边，张军和苏佩丽，还有那个国安部门的工作人员，以及那两个保安也会心地笑着。无论如何，为最坏情况做好准备，都是应该的。

七

休会期间，代表们还有两项重要活动，那就是各代表团应邀参观中国科学院月球研究所和到室外小广场参加纪念“阿波罗计划”人类首次成功登月100周年的升旗活动。由于两个活动的接待场地，特别是舱外航天服的数量的限制，15个成员国代表团被分为两组，先后参加两个活动。

在参观月球研究所的时候，大家对中国的观测设备非常好奇，并感到震撼。透过窗子向外看去，最大的圆环天线阵列规模达到200米直径，最大的光学望远镜的孔径是两米，全部都在室内控制并自动运行。邹所长和郭亮研究员分别向来宾做了设备介绍和观测成果介绍。

在室外小广场上，中国国旗早已升起。那是今天早上在A副总理主持下，于早上7点钟进行的内部仪式。而这时，仪式由中国国家航天局局长张军主持，大约不到30个身穿航天服的升旗国家的代表列队站在小广场上。首先升起了联合国的旗帜，然后为了纪念“阿波罗计划”登月100周年举行了美国国旗的升旗仪式，之后就是各代表团的升旗仪式。在升旗的同时，大家通过头盔中的耳机，可以听到自己国家的国歌。对中国政府的这个安排，所有人员都非常满意。在活动的最后，举行了广场命名仪式，由中国月球旅游公司总经理苏佩丽宣布，将这个小广场命名为“联合国广场”，中英文的广场铭牌被安放在联合国国旗的旗杆下面。同时苏佩丽宣布，这些国家的国旗和联合国国旗将永远保留在这个广场上。

这些国旗由中国研制，都是由一个水平的金属杆将旗子展开，由于重力作用，旗子自然下垂。国旗本身用专门研制的纺织物织成，可以在真空和空间辐射条件下长期保存。当旗杆有震动时，旗子将随着震动，有一定的飘扬的效果。本来，研制单位还想增设一个水平金属杆的机械摇摆机构，在室内按动启动电钮，透过窗子，就可以看到国旗在飘扬。但是由于报价太高，这个主动飘扬方案被外交部否定了。目前的费用是每个国家15万美元，包括制作和安装费，外交部估计各国都会同意承担。但是如果就为了达到飘扬的效果，费用再增加20万美元，外交部担心有些国家会不愿意，就放弃了主动飘扬方案。

晚餐时，餐厅里气氛比较热烈。很多人将筷子旋转着扔到空中表示庆祝。一时间，餐厅的桌子上空此起彼伏地

在升旗的同时，大家通过头盔中的耳机，可以听到自己国家的国歌。

飞舞着很多筷子，餐厅里一片欢乐笑声，大家都为安理会通过了进一步加强减排的决议而高兴。美国代表其实也很高兴，会议的结果和他们的预估其实没有很大出入，他们至少不用承担滥用否决权的责任了。最重要的是，中国为纪念“阿波罗计划”成功登月100周年举行了非常有意义的活动，他们对活动的形式和效果非常满意。当然，这个结果他们还需要向总统汇报后才能知道，是不是合总统的意。

八

晚饭后，国务卿和总统的电话接通了。

“总统先生，我本来希望在您开始一天工作之前就马上向您汇报今天会议的结果，但是中国专门为我们安排了纪念‘阿波罗计划’成功登月100周年的纪念活动，时间就耽误了。不知道现在向您汇报会不会打搅您上午的工作？”约翰先把高兴的事告诉总统，希望后面的结果不会太打击他一天的情绪。

“这个还不错嘛，在这样的国际环境下，他们为我们搞了纪念活动，应该感谢他们。具体是什么活动呢？”总统还是把握了说话的节奏，总是在结束时使用一个疑问句，使约翰可以知道他的话结束了。

“他们在旅店外的小广场上举办了一个升旗仪式。在升了联合国国旗之后，首先升了我们的国旗，为了纪念阿姆斯特朗在100年前，代表人类第一次踏上了月球。”约翰故意没有讲中国的国旗早就在那里了。因为这个也正常，这里是中国的旅店，他们自己早就把国旗挂上了，这个根本不用和总统汇报。

“仪式是谁来主持的？”总统问道。

“是中国航天局的局长张军主持的。”约翰答道。

“嗯，这个身份也是恰当的。那他们的副总理呢？”总统比较关心中国的重视程度如何。

“A副总理参加了仪式，因此我们认为他们还是很重视的，特别是张军局长的讲话中，针对阿姆斯特朗的贡献讲了很长一段话。”约翰继续说。

“他们这样做很好，很聪明。你说一下那两个议题的情况吧！”

“当然，这是我要汇报的主要内容。今天上午讨论我们提案的情况我中午跟您汇报了，正如您估计到的，中国的观点就是目前时机不到，现阶段还是应该以测试和试验为主。无须他们使用否决权，因为支持我们的只有8票，没有达到通过所需要的至少9票。按您提出的与中国合作的建议，下午开会前，我和他们的A副总理单独谈了一下，希望我们能够合作，交叉开展实验，我们可以在香港实验，他们可以选择夏威夷。他当场表示这个建议很好，但是他需要和他们的领导汇报后才能决定。”约翰说到这里停了下来，希望听听总统的反应。

“我相信他是不会马上答应的。但是你借这个机会提出这个要求很好，因为他们刚刚制止了我们向全球推广，应该也会给我们一些让步的。你时机抓得很好。那么第二个议题呢？”

“下午讨论了第二个议题。我们的主要论点是全球变暖可能还有自然因素，没有拿出科学依据之前，不能武断地说是人类活动导致的，并开始严格限制，谁知道限制是不是能够真正起作用呢。但是，我们没想到的是，中国在月球上面的那个研究所，主要是对地球系统开展研究的，安装了很多新仪器，获得的数据表明，人类活动和二氧化碳的排放密切相关，他们把我们上空的二氧化碳测得非常精细，不但空间分辨率高，关键是时间分辨率也很高。他们还用模型对未来30年的全球气候变化进行了推演，结果也令人印象深刻。这真是不可思议。刚刚在下午散会后，我们还去参观了这个研究所。那里的设备确实很先进，微波到紫外频段，从土壤中的水分，一直测到大气中的水分。有些仪器是我们的NOAA和NASA都没有的。他们提供的这些新的证据把我们的论点驳得体无完肤。”约翰沮丧地对总统说道。

“如果结果是科学的，我们就也可以用这些证据说服国内的反对力量，没有什么好沮丧的。应该说，中国这些年的发展确实很快，他们不但GDP已经超过了我们，就连科技创新也走在我们前面了。这个得益于他们政府的坚强领导以及持续且稳定的管理。其实我们这些年对中国共产党也了解得更多了，他们是很务实的政党。你同意吗？”

“我第一次听您这样讲，我需要再仔细地思考一下。这些年受您的信任，任国务卿以来，我和世界上很多国家和地区的领导人都有过深入的交流，他们普遍认为我们说一套做一套，涉及我们国家的利益时，就采用双重标准。我没有认真研究过中国共产党，但我相信，中国这些年持续发展，他们一定有他们在管理上的独到之处。”约翰感受到了总统思考的方向，但是他还需要再梳理梳理自己的思路。

“我可能说得多了，但是我们要和中国打交道，我们就必须研究中国共产党。这个组织很不容易，你看了他们的党史，就比较容易理解他们的政策，理解为什么他们和苏联共产党不一样了。正是有了这样的组织，才确保了他们能选择出强有力的领导；有了强有力的领导，组织的宗旨才得以保证。他们应该是世界上组织性最强的政党。反观我们，自由有余，组织性太弱。我们的优点是比较适合激励个人奋斗和创新。这些问题等你们回来再谈吧。对联合国安理会的决议我们只能接受。关于第二个议题，我们目前的任务是，尽快落实一个国内各方都能接受的减排方案。不然等新的《巴黎协定》，还是其他什么‘协定’出来后，我们就被动了。祝你们返程顺利！再见！”总统说完就放下了电话，估计是马上要去开会了。

九

第二天上午，安理会讨论了其他几个小的议案，其中一个就是联合国和平利用外层空间办公室提交的《月球开发和利用协定》。这个议题花费的时间较多，但是最终还是达成了一致。主要是中国和美国的立场非常清楚，都希望尽快制定这样的规则。其他国家的疑问主要是不理解对月球的开发和利用，他们认为只有那些超级大国才需要这些规则，和国际安全形势无关。还有比如法国，就问到这个协定和1979年在联合国大会通过的那个《月球协定》之间的区别。

在讨论时，苏佩丽是中方代表团的主要发言人，她从月球对地球的意义开始，到对月球的利用产生的巨大经济价值和对人类理念的改变做了论述。关于和1979年《月球协定》的关系，苏佩丽明确表示那个协定已经失效，而且中国、美国、俄罗斯等航天大国当时就没有签署那个协定。在其失效后，也没有再讨论过任何其他相关协定。特别是近30年来，对月球的开发和利用越来越多，需要制定新的协定。

结合这两天大家在月球上回望地球时的体验，对这个月球雨海旅店经营情况的了解，以及对中国科学院月球研究所参观的感受，代表们逐渐理解了苏佩丽的论点。最后提案顺利在安理会上表决通过，成为当年9月提交联合国大会讨论的议题。

《月球开发和利用协定》的主要内容如下：

第一，重申了1979年月球协定的主要内容。

第二，补充了对月球资源的商业利用和开发对地球人类社会发展的意义的内容。

第三，确立了月球商业开发和利用的主体机构，在开发、使用和利用月球资源时的法律地位，但是不主张其拥有主权。

第四，确立了在月球上从事开发和利用的主体机构，在其所控制的人能够生存的范围内，可以依据该机构注册所在国的国内法律进行人员管理。

这最后一条，给予了月球旅游公司，包括中国的月球雨海旅店和美国的南极站旅店，在各自的月球旅店内部和飞船上可以实施本国法律的权利。以后，解决类似麦克滞留不归的问题就有了法律依据。

这个议题通过后，张军和苏佩丽与所有代表团的成员握手致谢。

紧接着，苏佩丽就给美国月球南极科考站的站长詹姆斯打了电话，通报这个好消息。在两个人互致祝贺，预祝月球旅游有更大发展之后，詹姆斯向苏佩丽通报了那两个偷车人意外死亡以及他们临死前组成“V”字的消息。听到这里，苏佩丽感到了一丝震撼。尽管她与这两个人从未谋面，但是对他们攻击计划的周密设计和黑客能力不得不感到惊叹。那个V字，使她陷入了深深的沉思。

就在苏佩丽沉默不语时，詹姆斯继续说道，

“刚刚总部通知我，他们不打算追究克里斯和阿里的行为，并将那个永远朝向地球的、身着航天服的尸体组成的‘V’字，原地保存在那里，在旁边立一块迷行者纪念碑。”

十

从中午开始，各代表团的成员开始陆续返回。

外交部的同志、张军和苏佩丽在前台与每个离开的代表团成员握手告别，也少不了拥抱和亲吻。按照中国的礼仪，异性之间的亲吻总有那么一点儿敏感，不属于常规的送别礼仪。每当苏佩丽在接受外国异性的脸颊吻别礼时，张军的心里就会出现小小的不适。在每两个小时一班送别的间隙中，只有他们两个人的时候，他开起了佩丽的玩笑：“我什么时候也可以这样亲你啊？”

“你做你的梦吧！”苏佩丽红着脸说。

“但是我希望尽快梦想成真……”张军仍然不妥协。

苏佩丽则用攥得不那么紧的小拳头，在他胸前轻轻捶了一拳。

尾　声

九月底的北京，是一年中最好的时节，蓝天白云，菊花怒放，阳光照在人的身上，暖暖的，却不会感到炎热。

在北京颐和园西南角一块不显眼的草坪上，一个小型草坪婚礼正在举行。

宾客席的前排，坐着国家交通委员会主任林一凡、张军的父母、苏佩丽的母亲和姥姥、姥爷。在他们身后几排坐着双方的其他亲属和航天局、月球旅游公司的同事们，其中还有几个知名的航天员。

随着音乐响起，手捧鲜花、身穿白色及地婚纱的苏佩丽挽着她的父亲，从撒满鲜花的红地毯上走来。苏佩丽今天的容貌在鲜花和阳光的映照下，显得更美丽了。写着新郎新娘名字并布满鲜花的背景屏前，站着身穿黑色礼服的张军。

走到张军面前后，苏佩丽的父亲把苏佩丽的手交给了张军。

在宣读结婚誓言之后，新郎、新娘互换戒指。现场响起了热烈的掌声和欢呼声，同时无数的彩色花纸片从空中飘落下来。

就在这时，在纷纷飘落的花纸片中，出现了一架小型的无人机。

全场的人都惊呆了：什么？这是什么节目？

那架无人机悬停在张军的头顶上方，只见他伸手从无人机上面取下一个印着国家航天局字样的大公务信封，然后把它直接交给了苏佩丽。

看着苏佩丽惊讶的表情，张军笑着说："打开它吧，工作和事业给我们带来了爱情，看来它还将陪伴着我们度过一生。"

佩丽无奈地打开了信封，里面是航天局办公厅的一条电话记录，只有一行字，她一字一句地念道：

在纷纷飘落的花纸片中，出现了一架小型的无人机。

“联合国大会今天正式通过了新的《月球开发和利用协定》。”

现场再次响起了欢呼声……

使命必达的新旅

——《月球峰会》读后感

有幸读到吴季先生的《月球峰会》，这是他继《月球旅店》之后推出的又一部月球主题的科幻小说，写的是2069年人类登月100周年时，联合国安理会在月球上举办峰会的故事。这部书写得非常有意思，也非常有意义，跟他的科幻处女作《月球旅店》一样，具有十分独到的视角，有强烈的中国特色和人类关照。称得上是一部融科学性、想象力、思想性和人文性为一体，故事情节紧张、悬念丛生的优秀科幻小说。

与《月球旅店》不尽相同的是，《月球峰会》进一步拓展了在前部中没有完全展开的政治想象。在《月球旅店》中，作者浓墨重彩地描述了建立月球旅店的过程，包括科学技术、工程应用、资金、管理、市场等，但政治只是略微提到，而在《月球峰会》中，则较为深入地涉足这个领域。事实上，航天活动或太空探索，是政治性极强的话题。或者说，整个人类的未来，终究要取决于政治智慧和勇气。现实中也可以看到，每当世界上出现重大危机，不管是战争还是瘟疫，首先也是一个政治问题，是政治决断力的较量，以及政治体制和领导能力的比拼。而从吴季先生的描写来看，太空探索必将给全球地缘政治和治理格局带来新趋势、新变化。这部小说叙述了未来几十年后复杂的政治博弈，包括天地一体化背景下各国围绕国家地位而进行的竞合、新型政治组织如行星地球党等的诞生及活动、极端宗教势力恐怖组织可能会在太空实施的破坏、未来重大自然灾害引发的政治动荡、基于大数据和人工智能的西方无政府管理运动的出现、中国推动全球合作降低碳排放和维护全球安全的举动，等等，这些都是非常需要在今天就予以考虑的。作者还通过小说提出一个观点：离开地球，去到另外一个星球，换一个视角来看待人类面临的进化挑战，或许更可能促进不同国家达到求同存异，从而推动全球治理难题的解决。在小说中，正是在负责任大国中国的主导下，安理会史无前例地把它的会议搬到月球上举行，通过别开生面的辩论及相关太空活动，尤其是全景式俯瞰正在地球上发生的一场灾难，最终实现了对《巴黎协定》和《月球协定》的修订。小说写得惊心动魄，让人如临其境，可用来反观现实，具有强烈的启示性。

这部新的月球小说跟既往的此类小说是不同的。比如，著名作家海因莱因的《月亮是一个严厉的女人》，写的是受美国人主宰的月球寻求独立的故事，这反映的是另一种文化背景。而《月球峰会》的独具特色在于，它更多地写到了人，写到了人的价值，尤其是人的思想和情感因为太空活动而发生的巨大改变。它让读者看到，探索大自然，并非不惜一切代价，而是最终要让人类过上更加幸福美好的生活。这首先需要改变人的狭隘思想观念，这比单纯获取某些物质利益更为重要。小说讲述月球旅店建成30年后，大批地球人去月球旅行，在一个特殊的环境中度过了数日，从月面反观地球，他们的心胸从此变得更开阔，情感变得更加深沉，责任心也变得更强了。这是回望整个地球所产生的不同感受，这里面包含了整体感、渺小感、壮美感等，人会由此产生要为我们生存的家园多做点事的想法。然后，这种变化又带来经济、商业、科技、社会和文化上的重大变化。读罢小说，不禁感到：我们探索宇宙，根本上是要塑造新的人类，就好像鱼类登陆后，它就是另一种形态了。由此，我想到了英国科幻作家阿瑟·克拉克，他是地球同步轨道卫星、太阳风帆、太空电梯的首倡者之一，他描述的未来太空旅行的目的，也正是如此。我想他会很乐意看到中国航天人写出了这样的小说。某种程度上这体现了中华民族对人类命运共同体的使命感。

值得惊喜的是，《月球峰会》继承了《月球旅店》的优势，继续潇洒地倾泻着对科学技术的精准而详尽的描述，让我这样的科学爱好者读来十分解渴。我想，作者是在讲述一个道理：人类在面临重大抉择时，科技仍然是关键。未来几十年的科技进步，将深刻塑造我们的走向。这也使得这部小说读来精彩而可信。它里面写到了可重复使用的磁悬浮轨道发射器、月球上的中国科学研究站、月球采矿模式、月球轨道太阳能电站、对地激光通信系统信道带宽的优先使用权及延时性、月面上看到的地球景观变化的更多细节，还有发射区、飞船、月球轨道中转站、地球轨道中转站到地球的衔接的具体步骤，月面往返飞船的航行技术规程，不同国家月面上的不同通信体制，甚至如何把一辆月球车从科考站中偷盗出来的“技术”。与之相关的是各种细节，包括时区调谐、餐厅错峰进餐、会议长桌圆桌的选择、安保清场等，还有在月球上发生争吵怎么办、受伤了如何处理等。每一处都需要大胆想象，每一处又都必须建立在扎实而严密的基础科学、工程技术和逻辑思维上。这才是真的科幻小说。它让我想到诺贝尔物理学奖获得者基普·索恩在担任科幻电影《星际穿越》的科学顾问时所做的大量论证。它也让人坚信，科技进步不会让科幻小说过时。

科幻小说作为类型文学，当然是用来娱人消遣的，同时要寓教于乐。我觉得，有关部门也要重视吴季先生这个系列小说描述的未来图景，因为经过努力，书中写到的很可能会成为现实。我认为，吴季先生的月球小说系列倒是很像一个政策建议，这里面倾注了一位资深航天人对国家的希望、对民族的热爱、对人类的深情，也饱含了他通过毕生专业积累和丰富实践所得来的深刻思考。去年年底北京举办了首届地月空间经济高峰论坛，从会上看到，有的科幻般的场景已在逐步成为现实，这对经济转型和产业升级具有重大意义。在这个领域的努力与否，关系到国家的综合实力和现代化水平能否迈上更高台阶，也关系到人类命运共同体的建设能否最终实现。所以，这是一个必须去抢占的制高点。从长远看，人类这个进化了三百万年的物种要战胜面临的各种危机，不断向高级形态演进，最终通过“大过滤器”的筛选，达成他们在宇宙中的使命，这也是必经的一步。

韩　松

2020年12月28日

图书在版编目（CIP）数据

月球峰会 / 吴季著. -- 杭州 : 浙江教育出版社,
2021.3
ISBN 978-7-5722-1385-4

Ⅰ. ①月… Ⅱ. ①吴… Ⅲ. ①幻想小说－中国－当代
Ⅳ. ①I247.5

中国版本图书馆CIP数据核字(2021)第010506号

月球峰会

YUEQIU FENGHUI

吴 季 著

责任编辑：吴颖华　　责任校对：王晨儿
美术编辑：韩　波　　封面设计：刘亦璇
插图创作：王　瑶　　责任印务：陆　江
出版发行：浙江教育出版社
（杭州市天目山路40号　电话：0571-85170300-80928）
图文制作：杭州林智广告有限公司
印刷装订：杭州海虹彩色印刷有限公司
开　　本：880 mm × 1230 mm　1/32
印　　张：10
字　　数：200 000
版　　次：2021年3月第1版
印　　次：2021年3月第1次印刷
标准书号：ISBN 978-7-5722-1385-4
定　　价：38.00元
